目次

この作品は、竹書房ラブロマン文庫のために
書き下ろされたものです。

プロローグ

「なっ……」

　トタンの屋根を叩く雨音を聞きながら、温泉旅館「夢乃屋《ゆめのや》」の露天風呂の縁《ふち》に寄りかかり、のんびり湯に浸《つ》かっていた初山啓太《はつやまけいた》は、女湯のほうの引き戸がガラガラと開く音で振り返って、思わず息を呑んでいた。

　木製の衝立《ついたて》で隠された女湯から姿を現したのは、旅館の女将《おかみ》・赤座志帆子《あかざしほこ》だったのである。もっとも、彼女は肩紐ワンピースのようなブラウンの生地の湯浴み着を着ているのだが。

　頭にタオルを巻いて髪をアップにした志帆子は、いかにも穏やかそうな表情を浮かべており、啓太がいることに動揺した素振りはなかった。つまり、いると分かってい て来たのは間違いない。

　それに、パンツ型の湯浴み着は男湯の外への出入り口横にも置かれていたし、露天風呂が混浴なのも事前に聞いていた。したがって、湯浴み着姿の女性が入ってくること自体は不思議なことではない。もちろん、客がいるのに女将が露天風呂に来るのはどうか、という気はしたが。

それより問題なのは、今日は自分以外の宿泊客がおらず貸切状態だからと、啓太が油断して湯浴み着を着用せずに入っている、という点だろう。

「初山さま、温泉をご一緒させていただきますね」

こちらの動揺を気にする素振りもなく、志帆子が笑顔でそう言った。

「な、なんで……？」

「ああ、説明をしていませんでしたね。この宿の源泉の夢塩《ゆめしお》温泉は、男女が混浴をすると怪我の治りが通常よりも早くなる効果があるんですよ。初山さまも、打撲《だぼく》が早く治ったほうがいいでしょう？」

困惑の声をあげた啓太に対し、美人女将がそんな説明をする。

（そりゃあ、確かにバイクでコケたせいで、左腕とか打撲しちゃっているけど……混浴で治りが早くなる効能の温泉なんて、聞いたことがないんだけど？）

という疑問が、啓太の脳裏をよぎった。

啓太は三日前に、鰻や餃子で有名な東海S県H市の自宅アパートを出て、高速道路を使わず一般道だけをひた走り、二ヶ所のキャンプ場を経由して、今日ようやく東北F県に入った。そして、本来であれば「夢乃屋」からさらにバイクで三十分ほど登った山にあるキャンプ場に泊まるつもりだったのである。

　ところが、キャンプ場まであとはほぼ一本道を登っていくだけ、というところまで来たとき、前がほとんど見えなくなるような土砂降りに見舞われた。その上、ずっと一般道を走り続けていた疲労もあったのだろう、「夢乃屋」の前で道路のマンホールにタイヤを取られ、転倒してしまったのだ。

　幸い、視界不良で速度をかなり落としており、またレインウエアの下にプロテクター入りのジャケットとパンツを着用していたおかげで、左腕や左足の打撲以外に大きな怪我はせずに済んだのだが。

　しかし、左側に倒れた弾《はず》みでハンドルとクラッチレバーが曲がってしまい、これ以上の走行は極めて困難となってしまった。ハンドルが歪《ゆが》んだバイクで土砂降りの中を走り続けるなど、さすがに自殺行為としか思えない。しかも、その時点で間もなく夕方、という時間だった。日が沈んだら、さらに危険度が増す。

　啓太は途方に暮れたものの、道路の向かい側の少し奥まったところに見える建物が温泉旅館だと気付き、バイクを押してなんとかたどり着いたのである。

そうして、「夢乃屋」で啓太を出迎えてくれたのは、志帆子と彼女の義娘の赤座由衣《ゆい》だった。

彼女たちは、地面で擦《こす》れて左側がボロボロになったレインウエア姿の青年に驚きの表情を見せたものの、事情を話すと快く受け入れてくれたのである。

食事の際に聞いた話によると、半年ほど前に由衣の実父で宿の主人だった赤座隆太郎《りゅうたろう》が急逝したため、「夢乃屋」は、現在は二人だけで規模を縮小して営業している、とのことだった。

啓太にとって幸いだったのは、今が閑散期で、しかもこの季節外れの大雨で電車が運休してしまい、今日唯一の宿泊客からちょうど予約のキャンセルが入ったばかりだった、という点だろう。おかげで、飛び込みなのに夕飯までご馳走になれたのである。

夕飯前に、汚れを落とすために入浴したときは、まだ雨が激しすぎて、いくら屋根があっても露天風呂を使う気にならなかった。だが、夕飯を終えたあと雨音が和《やわ》らいでいることに気付いて、せっかくだからと入ったのである。

夢塩温泉の泉質は塩化物泉で、基本的な適応症として疲労回復や神経痛、それに打撲が含《ふく》まれている。また、切り傷・火傷、慢性湿疹《しっしん》にもよく、肌に塩分が付着して保温・保湿効果が高まるため、美肌効果がかなりあるらしい。

ちなみに、大浴場は最低限の温度調節をしている源泉掛け流しなのだが、露天風呂はそれすらしていない源泉百パーセントかけ流しだということだった。

露天風呂の温度計を見ると四十三度あったため、熱過ぎではないかと思ったが、思い切って入ってみると疲れた身体に染み渡る感覚があって、実に心地よく思えた。

しかし、まさかそんなタイミングで女将がやって来るとは、さすがに想定外の事態である。おまけに、混浴すると怪我の治りが早くなると言うのだ。

（いやいや。女将さんの話が本当で、湯浴み着を着ているとしても、俺は混浴なんてしたことないし……って言うか、すごいオッパイだな）

困惑しながらも、啓太はついつい彼女に見とれていた。

着物姿のときは気付かなかったが、志帆子のバストはかなり大きい。

もちろん、湯浴み着はゆったりしたデザインなので、さすがに正確なスタイルまでは分からなかった。だが、ふくよかな胸で湯浴み着が押し上げられているので、その大きさは傍目《はため》からも明らかである。

少し前までならば、孤独な指戯のオカズにしたくなったかもしれない。

「打撲などの怪我が、早く治るだけじゃないんですよ。もともと、この温泉には美肌効果があって、混浴するとその効能もアップするんです。最近、肌が荒れ気味なんですけど、夫が亡くなってからわたしも混浴する機会がなくて……普段の効能だけでは、どうも治りきらないんですよ」

固まったこちらの様子を誤解したらしく、志帆子がさらに説明を続けた。

どうやら、彼女がやって来たのは、客の怪我を一刻も早く癒《い》やしてあげたい、ということだけではなかったらしい。

（親切心だけ、って話だったら、何か裏があるって思ったかもしれないけど……なるほど、美肌効果ねぇ）

いかにも女性らしい打算を告白されて、啓太はかえって納得していた。

先に聞いた話では、志帆子は隆太郎の後妻で、まだ三十二歳だそうである。肌の曲がり角と言われる三十路《みそじ》を過ぎ、しかも半年前ほどに愛する夫を亡くして、義娘と二人で宿を営業するストレスもあるのだから、身体に悪い影響が出るのも仕方があるまい。そして、それを解消できるならしたいと考えるのも、至極当然の発想と言える。

いずれにせよ、下手《へた》に誤魔化そうとせずに「自分の美肌のため」と打ち明けてきたことには、逆に好感と信頼感が湧く気がした。

とはいえ、納得することと実際に混浴を許すのは別問題だ。何しろ、こちらは少なくとも物心がついて以降、混浴など経験がないのである。

「あ、あの、まさか女将さんが入ってくるとは思わなくて、僕、湯浴み着を着てないんですけど……」

「ああ、そうでしたか。大丈夫ですよ。わたし、気にしませんから」

啓太が恐る恐る切りだすと、志帆子は穏やかな笑みを浮かべたまま、平然とした様子で応じた。

未亡人ということは、亡き夫との性経験があるのは間違いない。当然、男のモノなど見慣れているのだろう。

そう考えると、少し悔しい気もするが、とにかくここまで言われた以上、もう強く拒むのも難しい。

「わ、分かりました。じゃあ、お願いします」

いささか恥ずかしかったものの、啓太がそう応じると、志帆子は「ありがとうございます」と言って、かけ湯をしてからすぐ隣にゆっくり足を入れてきた。

いきなりしゃがまないのは、大浴場の湯船よりも熱い露天風呂の温度に、身体を慣らすためなのは間違いない。

ただ、いくら湯浴み着姿とはいえ、女性の生足が間近で見えているというだけで、啓太の心臓は自然にドキドキと高鳴ってしまう。

（ち、近い……）

　啓太は、三十センチも離れていない彼女との距離感に困惑を隠せなかった。

　この露天風呂は、大人が三人も並んで入れば肩同士が密着しそうな程度の大きさだが、もっと距離を取ろうと思えば取れるはずである。それでも、あえてこれだけ近くに陣取ったのは、混浴の効果を高めるためなのだろうか？

（って、それはともかく、湯浴み着が濡れて身体にまとわりついていて……なんか、すごく色っぽいぞ）

　お湯が無色透明なこともあり、湯船に浸かった志帆子の体つきはほとんど丸見えになっていた。それに、タオルで髪をアップにしているため見えているうなじが、なんとも色っぽく思えてならない。

　啓太の身体が熱くなってきたのは、源泉百パーセントかけ流しのお湯の温度が高いせいばかりではあるまい。

「それにしても、混浴すると怪我が早く治ったり、美肌効果がアップしたりするって……なんなんですか、この温泉？」

　初めての混浴にドギマギしながら、啓太が誤魔化すようにそう問いかけると、

「ああ、それはですねぇ……」

と、志帆子が説明をし始めた。

彼女の話によると、このあたりでは平安時代から戦後しばらく経つまで、温泉の塩分を利用した山塩作りが盛んに行なわれていたらしい。「夢乃屋」も前身は山塩製造業者だったが、海の塩が格安で流通するようになって、志帆子の夫・隆太郎の祖父は山塩の生産に見切りをつけた。そして、敷地内に源泉があるのを活《い》かそうと、山塩工場を旅館に全面改装して営業を始めたそうである。

二階の北側が廊下で、六畳の客室はすべて南側、一階の南側が玄関やフロントや食堂、北側が厨房と男女別の大浴場、大浴場の外に露天風呂という構造は、人を雇っていた山塩工場時代の名残《なごり》らしい。

もっとも、宿を始めた当時は露天風呂も男女で分けていたそうで、しばらくは温泉の特殊な効能に気付くこともなく、普通の温泉旅館として営業していたという。

ところが、宿に転向してからしばらく経った頃、志帆子の夫の父、つまり先代の主人が足に怪我をした。そのとき、結婚して間もないからと夫婦で露天風呂に入ったところ、怪我が異様な速さで治り、さらに妻の肌の調子も目に見えて改善したのである。

その後、色々と試して「宿の露天風呂で混浴すると、諸々の効能が通常より向上する」という事実が証明された。ただし、このような効果が生じるのは夢塩温泉の中でも「夢乃屋」の源泉だけで、近隣の温泉ではまったくなかったそうである。また、どうしてここにだけ不思議な効果があるのかも、まるっきり不明とのことだ。

さらに言うと、混浴の効果は露天風呂でのみ発揮されて、温度調節をしている大浴場ではまるで効果がなかったらしい。まさに、源泉百パーセントかけ流しの奇跡、としか言いようがあるまい。

そこで、先代の主人は露天風呂を混浴に改装し、規模もそれまでよりもかなり小さめにして、その効果を十全に発揮できるようにしたのだった。

もちろん、混浴による治癒効果の向上など、なかなか表だって言えることではない。そのため、宿泊客の中でも怪我や肌トラブルなどの深刻な悩みを抱えている人に、秘密厳守でこっそり教える程度にとどめているらしいが。

(人の身体から、ダシでも出ているのか？)

説明を聞いた啓太の脳裏に、そんな疑問がよぎる。

さすがに、「ダシ」というのは大げさかもしれないが、そうとでも考えないと理解できない現象と言えるのではないか？

ちなみに、一人客で治癒効果を求める人に対しては、客が女性の場合は宿の主人が、男性の場合は女将が原則としてペアになって混浴する、とのことである。とはいえ、湯浴み着を着用してのことなので、決して卑猥《ひわい》な目的があるわけではないし、望まない人に混浴を強制するものでもない。

「……ということですから、気になさらないでください」

説明を終えた志帆子が、そう言って穏やかに微笑《ほほえ》んだ。

半年前ならば、この笑顔に心を打ち抜かれて、襲いたくなっていたかもしれない。

何しろ、啓太は今年の八月に二十五歳になったばかりで、まだ性欲が旺盛な年頃である。七歳上で爆乳の美人女将が手を伸ばせば届く距離にいて、しかも湯浴み着の下は間違いなく裸なのだ。真性童貞とはいえ、男として魅力的な美女を前にムラムラしてしまうのは、当然の反応ではないだろうか？

だが、遊び半分で恋人を作ることをよしとせず、この歳になるまで童貞を貫《つらぬ》いてきた啓太には、そもそも美人女将に襲いかかるような度胸はなかった。

（……それに、下手に女性と関わりを持ったら、また傷つけられてしまうかもしれないし……）

そう思うと、大雨による転倒というトラブルでスッポリ抜け落ちていた苦い記憶が、脳裏に甦《よみがえ》ってくる。

女気のない家庭に育ったせいもあり、女性とうまく話せず社会人になるまで恋人がいなかった啓太は、半年前に「この人と結婚したい」と本気で思う女性と出会った。

一歳下の同僚として出会った彼女は、女性慣れしていないこちらと親しく接してくれたし、何かにつけて頼ってきた。そんな相手に啓太が好意を持つまで、さほど時間を必要としなかったのは当然の流れと言える。

そして、勇気を振り絞って告白したところ、首を縦に振ってもらえたのである。

ただ、彼女はデートで手を繋《つな》ぐ程度は許してくれたが、キスすらさせてくれなかった。もっとも、「そういうことは、もう少しお互いを知ってからしたほうがいいと思うの」と言われると、真面目な啓太は納得するしかなかったのだが。

そうして、啓太は求められれば高級レストランのご飯を奢《おご》り、また欲しがったものは多少無理をしても買うなど、なんとか恋人との距離を縮めようと頑張った。

正直、付き合っていた数ヶ月でいくら費やしたか、今となっては考えたくもない。

しかし、あのときは生まれて初めてできたカノジョに嫌われないようにすること以外、頭になかったのだ。

ところが二ヶ月前、彼女には何年も交際し続けて深い仲になっている男が他にいる、と判明したのである。

本気で好きになった、しかも交際をＯＫしてくれて恋人と思っていた女性に、実は本命の彼氏がいた。

　彼女が啓太の告白を受け入れたのは、ご飯を奢ってくれたり、欲しいプレゼントをくれたりする便利な存在、つまり今や死語となっている「貢《みつ》ぐ君」のような存在が欲しかったからだったのである。それも、明らかに女性慣れしていないこちらに目をつけ、自分に好意を持つように仕向けたのだ。

　ようするに、啓太は相手の思惑にまんまと乗せられただけの、哀れなピエロに過ぎなかったのだ。

　彼女を問い詰め、この現実を突きつけられた啓太はショックのあまり会社を辞めて、しばらく自宅アパートに引きこもった。もちろん、日々の食料などの買い物くらいはしていたものの、とにかく他人と顔を合わせたくなくて、ほぼ一日アパートの自室にこもって過ごしていたのである。

　しかし、愛車の四百ccバイクの車検でやむなく外出したとき、「気分転換に旅に出よう」と思い立った。

　ずっと部屋にいても、気分はまったく晴れない。それより、もともとの趣味だったキャンプツーリングに出かけて、見たことのない光景を見て回ったほうが、精神衛生の面からもずっと健全だろう。また、キャンプならソロで過ごせるので他の人と、特に女性と接触する機会は最小限にとどまるはずだ。

そう考えてキャンプの準備をし、車検が終わった翌日の一昨日、啓太は愛車にまたがって自宅アパートを出発したのである。

とはいえ、今や無職の身で、このところ給料は家賃や食費や光熱費といった生活に必要なぶん以外、あらかた恋人と思っていた女に貢いでいた。それに、三年未満で辞めて退職金もなかったため、貧乏旅行にせざるを得なかったのだが。

とにかく、そのような事情もあって、啓太は女性と交流を持つことに、すっかり尻込みするようになっていた。

思わぬ事故で、「夢乃屋」に駆け込んだときも、義母娘が二人でやっていると知って、正直よそに行こうかと考えたものである。実際、もしも雨がやんでいれば、無理をしてでも他の宿を探しただろう。

もちろん、健全な男として魅力的な爆乳女将と初めての混浴を経験しているドキドキ感や、湯浴み着の奥の肉体に対する劣情は確かに感じている。

しかし、今の啓太に志帆子をマジマジと見つめたり、より過激な行動を起こしたりする度胸などなく、ただ彼女から視線をそらして天を仰《あお》ぐことしかできなかった。

第一章　爆乳女将の湯けむり筆おろし

1

「おおっ。本当に、痛みがほとんどなくなっているよ」

翌日の朝の六時半過ぎ、啓太は布団から起きるなり左腕と左足を動かして、そんな驚きの声をあげていた。

夕べ、寝る前までは打撲と内出血による痛みがあったのだが、今やほぼ消え失せている。さすがに、まるっきりなくなったわけではないものの、昨夜の痛みを十とするなら、今は二あるかないかという程度である。少なくとも、動かすのにはまったく支障がない。また、青痣《あおあざ》もよく見れば残っているが、かなり薄くなってほとんど目立たなくなっていた。

「たった一晩で、ここまで治るなんて……混浴で治癒効果が高まるって、本当だったんだなぁ」

もちろん、爆乳女将の言葉を信じていなかったわけではない。しかし、あまりに非現実的な話だったので、信用二割、疑い八割くらいの気持ちだった。だが、実際にここまで劇的に打撲が治ると、さすがに信じざるを得ない。

窓のカーテンを開けると、外は昨日の悪天候が嘘のように晴れ渡っていた。バイクさえ正常なら、絶好のツーリング日和《びより》と言えるだろう。

もっとも、夕べは避難を優先したため、転倒の影響がハンドルとクラッチレバーだけなのか、他に故障箇所などがないのか、といったことを確認する余裕はなかった。

まずはバイクの状況をチェックし、応急修理できるなら自走で最寄りのバイク屋に行き、点検・修理をしてもらう。自力で走行させられないようなら、ロードサービスにレッカー要請しなくてはならない。

何しろ、あれだけ派手な転倒だ。素人《しろうと》が、見た感じは正常っぽく直しても、実は長距離の走行に耐えられない状態になっている可能性は大いにある。そう考えると、ツーリングを続けるのはさすがに自殺行為だろう。お金はかかるが、バイク屋にバイクを預けて、公共交通機関でH市のアパートに帰るしかあるまい。

なんにしても、この宿にいるのはあと数時間である。

「混浴じゃないけど、せっかくだから最後に朝風呂でも入りに行くか。ここの露天風呂、熱いけど気持ちよかったからな」

そう独りごちた啓太は、浴衣を整えてからタオルなどを用意すると、部屋を出て一階に下りた。

すると、ミディアムレッドの布地に花唐草紋《はなからくさもん》が入った茶衣着《ちゃいぎ》姿の赤座由衣が、ちょうどフロントから出て来るところだった。

温泉旅館「夢乃屋」には住居が併設されており、フロント裏にあるドアで行き来できるらしい。もっとも、ここを使えるのは赤座家の人間だけだが。

志帆子の義娘の由衣は、先日十九歳になったばかりという「夢乃屋」の跡取り娘である。ただ、大きめの目と年齢より少し幼い顔立ちもあり、まだ現役高校生と言っても充分に通用しそうだ。しかし、身長は百七十三センチの啓太より数センチ低い程度で、女性としてはやや背が高いほうに入るだろう。

「あっ。おはようございます、初山さま」

さすがは接客業と言うべきか、由衣は啓太との突然の遭遇に一瞬目を丸くしたものの、すぐに笑顔で挨拶をして頭を下げてきた。

ちなみに、繁忙期などで臨時に人を雇うことはあるものの、基本的に「夢乃屋」は家族経営で、彼女も子供の頃から宿を手伝っていたらしい。そして、今年の三月に高校を卒業して本格的に「夢乃屋」の仕事に取り組みだしたが、いくら勝手を知っているといってもまだ二十歳未満である。そのため、若女将以上が着用する着物ではなく、従業員の茶衣着を着ているそうだ。

「えっと……お、おはようございます、その、赤座さん。早いですね？」

女性への警戒心と緊張感を抱きながら、啓太はどうにかそう返事をした。

「はい。志帆……女将さんを手伝って、朝食の準備をしなきゃいけないので。初山さまこそ、ずいぶん早起きですね？」

「自然に目が覚めたんで、朝風呂に入ってこようかと」

「そうですか。そうそう、ところで怪我のほうはどうですか？」

「ああ、ビックリですよ。たった一晩で、打撲の痛みはほとんどなくなったし、痣《あざ》もすっかり薄くなって」

由衣の問いに、啓太がそう応じると、

「ええっ!? そこまで？」

と、彼女が驚きの声をあげた。どうやら、従業員も驚く治癒力だったらしい。

すると、厨房から志帆子が顔を出した。料理をするためだろう、彼女は和服に割烹着を着用している。

「もう。由衣ちゃん、大声をあげてどうしたの？　あっ、初山さま。おはようございます」

「あっ。おはようございます、女将さん。いや、なんか僕の打撲が一晩でほとんど治ったって言ったら、驚かれちゃって」

啓太が、先にそう答えると、

「あら、やっぱり。実は、わたしも今朝、肌の調子がものすごくよくなっていて、驚いていたんですよ。一晩でここまで劇的に回復したなんて、わたしも初めてで。由衣ちゃんも、それでビックリしたのよね？」

と、意外に平然とした様子で、志帆子が義娘に話を振った。

「うん……じゃなくて、はい。わたしも、夕べ露天風呂に入ったんですけど、昨日まであったニキビが綺麗に消えたし、肌の張りも今朝はとってもいいんです」

どうやら、由衣も啓太たちのあとに露天風呂に入って、治癒効果の恩恵を受けたらしい。

彼女の言葉を受けて改めて見ると、二人とも化粧をしていないように見えるのに、顔の肌つやが非常によさそうだった。もちろん、昨日はじっくり眺められる状況ではなかったので、正確な比較はできない。それでも、反応を見た限り肌に劇的な改善があったのは間違いないらしい。

「この治り方が、デフォじゃないんですか？」

「いいえ。打撲の場合ですけど、昨日伺った状態だと、普通は一回の混浴で痛みが半分になる程度ですね。それでも、充分に効いていると言えますけど。それなのに、一回で痛みも痣もほとんどなくなるなんて、効きすぎなくらいです」

啓太の質問に、志帆子がそう応じる。

やはり、これは温泉の効果を知る者から見ても、異常な治りの早さらしい。

「しかし、いったいどうして……？」

「そうですね……四年前に亡くなった義母から、結婚後に一度聞いたことがあるんですけど、ここの温泉と相性のいい人がごく稀《まれ》にいるらしいです。そういう人と混浴すると、治癒効果が通常よりもさらに高まるという話でしたけど、長く宿をやっていた義母ですら、人生で一度しか見たことがない、と言っていました。わたしや死んだ主人でも、そこまでの効果はなかったので……おそらく、初山さまはウチの温泉と相性がいいんでしょうね」

こちらの疑問に、志帆子が思い出すように言った。

「志帆子さん、その話、本当？　あたし、お祖母《ばあ》ちゃんから聞いたことがないんだけど？」

と、由衣が驚きの声をあげる。

夕べ聞いた話によると、この二人は年齢が十三歳しか違わない。これくらいの年齢差だと、親子というより「歳の離れた姉妹」といったほうが近いだろう。

そのため、由衣は父の後妻になった彼女を「義母《はは》」と呼ばず、仕事中は「女将さん」、家では「志帆子さん」と呼んでいるらしい。

今は旅館側にいるというのに、「志帆子さん」と呼び、口調も砕けてしまったところからも、年下美女の驚愕ぶりが透けて見える気がする。

「わたしも、一度しか聞いたことがないし、由衣ちゃんに話すのはまだ早い、と思っていたんじゃないかしら？　お義母《かあ》さんも隆太郎さんも急に亡くなったから、由衣ちゃんに教えていなかったことは、いっぱいあったと思うわよ。わたしは、後妻で若女将になったから、結婚したあと短期間で色々と叩き込まれたけど」

「ああ、確かに。お祖母ちゃんが死んだとき、わたし中三だったからなぁ。お父さんもだけど、突然倒れてビックリしたっけ」

志帆子の言葉に、由衣が納得しつつ悲しげな表情を浮かべる。中学三年生だと、そのときの記憶が鮮明に残っているのだろう。父親に至っては、死去から半年ほどなので、ついこの間という感覚ではなかろうか？

「まぁ、僕と温泉の相性がいいかは分かりませんが、怪我が早く治ったのはありがたいですよ。これなら、バイクの運転なんかにも支障がなさそうですし」

啓太が、重くなった雰囲気を変えようとそう口にすると、志帆子が真剣な眼差しになった。

「そのことなんですけど……初山さま、ウチでしばらく働く気はありませんか？」

予想外の提案に、啓太は「ええっ!?」と思わず目を丸くしていた。

「ご存じのとおり、夫が亡くなってからここは由衣ちゃんとわたしだけで営業しています。ですが、やはり男手《おとこで》がないと色々と厳しくて、五部屋ある客室のうち三部屋にお客様を入れるのがやっと、という状況で……それに、今のままでは露天風呂の混浴も女性の一人客に対応できないですし」

「志帆子さん、それ絶対にいいと思う！」

由衣も、若き義母の提案に賛成らしく、表情を一変させて明るく言った。

なるほど、夢塩温泉の治癒効果が混浴で発揮される以上、確かに男性の存在は必須である。特に、啓太がこの温泉と相性がいいのは間違いないようで、その効果が格段に向上するのは実証済みだ。加えて、男手が確保できて宿をフル稼働させられるなら、「夢乃屋」にとってはまさに一石二鳥と言える。

そうとなれば、二人が啓太を引き止めようとするのも当然かもしれない。

「うーん、でもなぁ……」

女性への警戒心を拭《ぬぐ》えずにいる啓太は、腕組みをして考え込んだ。

「目的地があるのでしたら、無理にとは言いませんけど、どうでしょう？　もちろん、そんなに高額ではないですけどお給料を払いますし、混浴時は手当も出します。それに、ご飯も賄《まかな》いですけど三食つけますから。新しい働き手は探していますし、見つかるまでの臨時でも構わないので、どうですか？」

こちらが悩んでいると、志帆子がさらにそう食い下がってきた。

（……確かに、行くアテがある旅じゃなかったしなぁ。あと、懐《ふところ》具合が寂《さび》しいのも事実だし……）

もともと、このツーリングは心の傷を癒やすため愛車でひたすら北に向かう、という程度のアバウトさで始めたものである。それ以外の目的があったわけではないので、ここで働くことに問題はまったくない。

それに、バイクの修理代という問題もある。いくらかかるか、さすがに今の時点で素人には分からないが、パーツの交換が必要となれば、それなりの額が飛ぶのは間違いない。アパートの家賃や水道光熱費も考慮すると、そういつまでも放浪生活をしてもいられないだろう。

(だけど、女将さんと義理の娘さんの二人か……年寄りでもいいから、せめて男がいてくれたらなぁ)

見目麗《みめうるわ》しい彼女たちと共に働けるというのは、なかなか魅力的に思えた。元カノの一件さえなければ、悩むまでもなく首を縦に振っていたに違いあるまい。

しかし、今の啓太は女性全般に対して恐怖心と警戒心を抱いていた。正直、これだけおいしい話をされると、「さんざん働かされた挙げ句、ポイ捨てされてしまうのでは？」「何か、もっととんでもない裏があるのでは？」といった不安は拭えない。

そんなことを思いながら、啓太は改めて志帆子と由衣を見た。

こちらを見ている二人の表情は真剣で、とても男を騙そうという意図があるようには感じられない。もっとも、元カノも啓太を利用するような悪女には見えなかったので、自分の直感に自信はまったくないのだが。

「……分かりました。とりあえず、バイクの修理代を前借りさせてもらっていいですか？　それで、しばらくここで働かせてもらいます」

考えた末に、啓太はそう応じていた。

バイクを修理して、いつでも動かせる状態にさえできれば、もしも宿の仕事が嫌になったとき、あるいは赤座家の二人に騙されていたと分かった場合、すぐにでも逃げ出すことが可能となる。それに、新しい従業員を探しているらしいので、それが見つかるまでの臨時のアルバイトと思えば、それほど悪い話ではあるまい。

とにかく、志帆子たちは混浴効果を高められる働き手を得て、こちらは衣食住を保証してもらえるという具合に、お互いに利があるのだ。

女性への警戒心を拭えないにしても、少しの間ここで働くくらいなら割り切っても大丈夫だろう。

「よかった。それでは、朝食後に最寄りのバイク屋さんを教えますね。あっ、先にお風呂をどうぞ。その間に、食事を用意してしまいますから」

「あっ、はい。それじゃあ」

志帆子に促《うなが》された啓太は、二人の美女に一礼してから大浴場へと向かった。

（いやはや、まさかここで働くことになるなんて……）

ほんの数分前まで予想もしていなかった急展開に、啓太は歩きながら奇妙な胸の高鳴りを禁じ得ずにいた。

2

「啓太くん？　それを干したら、大浴場の由衣ちゃんの掃除を手伝ってくれる？」

その志帆子の指示を受け、紺色の作務衣《さむえ》姿の啓太は、洗ったシーツなどが入った洗濯カゴを持ちながら、「はい」と応じた。そうして、赤座家の住居部のほうにある物干し場へと向かう。

啓太が、「夢乃屋」で働きだして、既に一週間が経過していた。

さすがに、まだ旅館の接客マナーを覚えていないため、客に料理を運んだりはできないのだが、荷物運びや掃除は当然として、洗濯したものを干したり取り込んだりする細々した雑用まで、従業員の仕事は意外に多くある。

こうしたことも、隆太郎の死後は志帆子と由衣が二人ですべてこなしていたというのだ。五部屋の客室を、フル稼働させるのが難しかったのも納得がいく。

もっとも、啓太がまだまだ仕事に不慣れな上に、今は閑散期ということもあり、当分は三部屋のみの稼働を続けるらしいが。ただ、この一週間でも一昨日の二部屋稼働が最大だったので、三部屋というのはむしろ正解かもしれない。

それに加えて、過日の大雨で最寄りの電車の線路が被害を受けて運休し、代行バスで路線を繋いでいるため、このあたりに来る公共交通の便が非常に悪くなっていた。

おかげで、K村内の他の宿でも宿泊のキャンセルが、かなり発生しているらしい。そういう意味では、もともと客数を絞っていた「夢乃屋」は、ダメージがまだ小さいほうだと言える。

ちなみに、啓太は「夢乃屋」の二〇五号室を、寮代わりに使用させてもらっていた。

元来、「夢乃屋」は家族経営メインで、これまで繁忙期のみ臨時で雇っていたのも地元民だったので、寮の心配をせずに済んでいたのである。しかし、啓太は住む場所が必須なので、一番奥の部屋を寮代わりにさせてもらっているのだ。

当然、赤座家にも空き部屋はあるのだが、志帆子や由衣と家族でない以上、住居部で寝泊まりするのはさすがに肩身が狭い。そのため、宿のほうを使わせてもらっている次第だ。

とはいえ、それも理由の一つなのは間違いないものの、実際は未だに女性への警戒心を拭えず、二人の美女と同じ屋根の下で暮らす気にならない、というのが最も大きいのだが。

（もっとも、二人とも僕によくしてくれて、変な打算があるような感じは受けないいんだけど）

今にして思えば、元カノは可愛らしく甘えてきたりしたが、その行動には男を手玉に取ろう、という計算尽くの不自然さがあった気がした。それに気付なかったのは、初めて女性から好意を寄せられたと錯覚し、すっかり有頂天になって目が曇っていたのか、あるいは自分自身の観察力が低かったからか？

しかし、志帆子にせよ由衣にせよ言動に元カノのようなあざとさがなく、良くも悪くも田舎《いなか》住まいの裏表のない純朴さが感じられた。

何より、仕事以外で啓太に何かを要求してくることがないのだ。それどころか、すべてに不慣れな青年を気遣ってくれて、色々と手助けしてくれる。

何しろ、バイク屋を紹介してくれただけでなく、バイクのレッカー代まで支払ってくれたのだ。また、いずれかかる修理代も負担してくれるという話である。

こちらとしては、給料を前借りするつもりだったので、これはとてもありがたい申し出だった。

思い返すと、元カノは付き合いだしてすぐに、「あそこに行きたい」「あれが欲しい」と求めてきたが、啓太に対して何かをしてくれたことはなかった。

こうして比較すると、志帆子と由衣の厚意が純粋な善意なのは間違いあるまい。

（……それでも、まだ女の人を信じるのは怖いんだよな）

シーツや布団カバーを干しながら、啓太はそんなことを思っていた。

いったん抱いてしまった女性全般への警戒心と恐怖心は、そうおいそれと拭えるものではない。それくらい、元カノの件は啓太の心に深い傷を負わせていた。

「ああ、余計なことを考えてたら、暗くなる！　さあ、早く全部干して、大浴場の掃除を手伝いに行かなきゃ」

と声に出して、啓太は洗濯物を物干し竿にかけていった。

そうして、すべて干し終えると、宿に戻って大浴場へと向かう。

温泉旅館「夢乃屋」の浴室は、「大浴場」とは言っても男湯・女湯とも一度に五〜六人ほどが入ればやや手狭になる程度の広さしかない。そもそも、建物自体が小さな山塩製造工場を改装したものなので、この規模の浴場を作るのが限界だったらしい。

もっとも、客室が五部屋ということもあり、これでも充分なのだが。

（さて、由衣ちゃんはどっちにいるのかな？　お客さんがいないと分かっていても、女湯に入るのはまだ緊張するから、男湯にいて欲しいんだけど……）

そう思いながら大浴場の前に来たとき、女湯のほうから「きゃあっ！」という由衣の悲鳴が聞こえてきた。続いて、何かが湯船に落ちたようなバシャーッという派手な音がして、同時に「ひゃあっ！」と素っ頓狂《すとんきょう》な声もする。

「由衣ちゃん、どうしたの？　大丈夫？」

さすがに心配になり、更衣室を突っ切って女湯に駆け込んだ啓太は、そこで思わず立ち尽くしていた。

何しろ、Tシャツにジャージのズボン姿の由衣がズブ濡れになって浴槽から顔を出していたのである。おそらく、頭から湯船に落ちたのだろう、ゴムで後ろに束ねているセミロングの髪もびしょ濡れになっている。

由衣は普段、掃除のときには茶衣着ではなく、私服で古着のシャツとジーンズを着用していた。見るからに快活そうで、実際に明るく元気な彼女は、そのぶんやや落ち着きがなく、洗濯物をひっくり返したり掃除中に転んだりといった失敗を、しばしばやらかす。

本来、茶衣着は作業着である。しかし、小さな旅館なのでサイズの合う着替えがそれほどあるわけではなく、掃除で濡らしたり汚したりしすぎると、接客時に着る茶衣着がなくなりかねない。そのため、由衣は客がいない掃除の時間は、わざわざ私服に着替えて作業しているのである。

ただ、今の問題は湯から立ち上がった彼女のTシャツから、ピンク色のブラジャーがうっすら透けて見えている点だった。だが、びしょ濡れの由衣はそのことに気付いていないらしい。

「ああっ、もう！　最悪！　なんで、黒いあいつがこっちに飛んでくるのよ！」

と、彼女が苛立《いらだ》った声を大浴場に響かせる。

具体的な名を口にするのは避けていたが、今の言葉だけでだいたいの状況の想像はついた。

秋が深まり、この界隈も朝晩の冷え込みがかなり厳しくなっている。当然、虫の類《たぐい》も外ではもう見かけない。女性の多くが忌《い》み嫌うあの生き物は、あいにくと言うべきか冬眠こそしないものの、それでも普通は寒くなると動きが極めて鈍る。

だが、旅館の中は暖房がかかっていて、浴衣一枚でも過ごせるくらい暖かい。しかも、大浴場は基本的に天然温泉のお湯が常に注ぎ込まれていて、温度だけでなく湿度も高い。であれば、黒いあいつの活動が活発になるのも当然と言える。

おそらく、由衣は大浴場の掃除中にそれを見つけ、退治しようとしたところいきなり飛ばれて、慌てて回避したところ湯船に転落したのだろう。

（滅多に飛ばないあれが、いきなり自分に向かってきたら、パニックになるのも分か

るけど……由衣ちゃんって、本当にドジなところがあるよなぁ）

今回も、原因が原因とはいえ、湯船に落ちるというのは彼女の性格故だろうか？

啓太がそんなことを思っていると、

「はぁ、ビショビショだよぉ。啓太さん、着替えてくるから、掃除ついでにあいつを探してもらえる？　外に逃げていたならそれで構わないけど、駆除剤を用意したほうがいいかもしれないし。お客さんがいるときに出なくて、ホントよかったよ」

と、由衣が自分の様子を気にする素振りもなく、湯船から出てきた。

（確かに、僕らしかいない時間に出たのは、不幸中の幸いだったな。お客さんがいる時間に奴が出たら、下手をしたら宿の評判にも関わるし）

そう跡取り娘に心の中で同意しながらも、啓太は彼女の姿に目を奪われていた。

六歳下の美女は、まさに頭のてっぺんからつま先まで、くまなくびしょ濡れになっている。ただ、濡れたTシャツからピンクのブラジャーが透けているのは分かっていたが、それだけではなかった。布地が密着して、身体のラインが浮き彫りになっているのである。

普段は、茶衣着姿が多いためはっきりしなかったものの、こうして見ると由衣はなかなかにスタイルがよかった。バストサイズは志帆子に及ばないが、出るべきところはそれなりに出ているし、引っ込むべきところはしっかり引っ込んでいて、全体のバランスは非常にいいのがよく分かった。

もちろん、童貞の啓太は妙齢の女性の身体など、アダルト動画やアイドルの水着グラビアなどで目にしたことしかなかった。それでも、由衣の体つきは充分すぎるくらい魅力的に見える。何より、お湯で濡れたシャツが身体にまとわりつき、下着が透けているというのが、なんとも色っぽく見えてならない。

「ん？　啓太さん、ボーッとして、どうしたの？」

由衣から怪訝《けげん》そうに聞かれて、啓太はようやく我に返った。

「あ～……由衣ちゃん？　その、透けちゃって……」

視線をそらしつつそう指摘すると、彼女がようやく自分の胸元に目をやった。そして、みるみる顔を真っ赤にする。

「きゃあああっ！　み、見ないでぇ！　啓太さんのエッチぃぃぃ！」

女湯に甲高《かんだか》い悲鳴を響かせて、由衣はその場にしゃがみこんでしまった。

「ご、ゴメン……でも、見ようと思って見たわけじゃ……」

啓太は、ドギマギしながら懸命に言い訳をした。

「うう……確かに、湯船に落ちたのはわたしのミスだし……わ、わたしが出るまで、こっち見ちゃ駄目だからね！」

そう言った彼女が、ピチャピチャと小走りに脱衣所に向かうのが、音だけでもはっきり分かる。

（怒って……いなかったかな？　まぁ、あれで怒られたら理不尽すぎるけど。って、それよりあいつがまだいないか、探さないと）

そう気持ちを切り替えようとしながらも、啓太は年下美女のなんとも艶《なま》めかしい姿を思い出して、胸が高鳴るのを抑《おさ》えられずにいた。

3

（ど、どうしてこうなった？）

その日の二十時過ぎ、露天風呂に浸かった啓太は、すぐ隣にいる湯浴み着姿の志帆子を横目で見ながら、そんな疑問と動揺を覚えずにはいられなかった。

何しろ、夕飯を終えた啓太がパンツタイプの湯浴み着を着用して露天風呂に浸かっていたところ、爆乳女将が「また混浴しましょう」と入ってきたのである。

彼女が言うには、「お肌の調子が少し悪くなってきたから」とのことだ。

なるほど、啓太との混浴による治癒効果の高さを実感しているなら、当然の選択と言えるかもしれない。やはり、後妻として嫁入りして数年で夫が死去し、自身が女将として宿を仕切らなくてはならないのは、相当なストレスになっているのだろう。

しかも、志帆子は元調理師ということもあって、客に出す料理も自ら作っているのである。いくら小規模とはいえ、旅館で女将と料理人を兼務する大変さは、啓太の想像を絶するものがあろう。

傍目には、そこまで影響が出ているようには見えないものの、本人は化粧のノリなどで肌荒れを痛感しているようだ。

（まぁ、それは理解できるんだけど……今は由衣ちゃんがいないから、女将さんと二人きりなんだよなぁ）

今日は、由衣が高校時代の友人たちと約半年ぶりに会うため出かけるとのことで、予約を受けずに宿を休みにしていた。さすがに、まだ志帆子と啓太の二人で営業するのは無理があるので、これはやむを得ない処置だろう。

ちなみに、もともと「夢乃屋」が村の外れという場所にある上、現在は公共交通機関を使うと路線バスと代行バスと鉄道を乗り継がなくてはならなかった。そのため、由衣が言うには、「帰りはKT駅に着くのが二十三時頃になるはず」とのことである。

その時間だと、宿の近くに来る路線バスはもうないので、タクシーを使うか、志帆子が迎えに出るしかない。

そんな状況だというのに、露天風呂で七歳上の美人女将と混浴しているのだ。真性童貞の二十五歳が動揺し、緊張を覚えるのは至極当然と言えるだろう。

髪をタオルで包んでうなじを露《あら》わにしている志帆子も、前回は気を使ってあれこれと話をしてくれたが、今はただ黙って湯船に浸かっている。

一緒に働くようになって、普段からそれなりに会話をしているだけに、彼女もこういう状況下で話すべきことが、もう特に思いつかないのかもしれない。

(うう……初日のときは、女性が怖くてあんまり意識してなかったけど、なんだか今は無性に女将さんがエロく見えて……やっぱり、溜まっているのかな?)

そんなことを考えて、啓太はどうにか女将から視線を外した。

実のところ、啓太は元カノの裏切りがあるまで、ほぼ毎日孤独な指戯に耽《ふけ》っていたほど性欲が旺盛だった。当然、女体への好奇心もそれだけ持っている。

元カノの件のあと、しばらくはショックで抜く気にもならなかったが、それでも性欲だけは抑えようがなく、旅に出る前も数日に一度程度は、アダルト動画などをオカズに自慰をしていたものである。

　もちろん、それは「夢乃屋」に来てからも変わらなかった。いや、むしろ爆乳女将と年下の美人仲居《なかい》という魅力的な義母娘が身近にいるため、牡《おす》の本能が前より刺激されているくらいだ。女性への警戒心や、迂闊《うかつ》に深入りすることへの不安がなければ、もっと欲望を抱いていたかもしれない。

　ただ、部屋にトイレがあるとはいえ、同じ階に他人がいるのに一発抜くのは気が引ける。そのため、啓太は自慰を宿泊客がいない日にだけしていた。

　実は、今日も風呂上がりに一発抜こうと思っていたのである。だからだろうか、湯浴み着を着ていて直接は見えないものの、湯船に浮かんでいる美人女将の爆乳が、いや、胸だけでなく彼女の存在自体が気になって仕方がない。

　七歳上の三十二歳とはいえ、志帆子は大きなバストに加えてなかなかの美貌で、性格も温厚な上に料理も上手《うま》い。正直、すべてにおいて元カノなど比較するのもおこがましいくらい魅力的と言っていいだろう。

　そんな美女と、湯浴み着着用とはいえ混浴しているから、こうも気になってしまうのだろうか？

（いや、なんか変だぞ？　なんだか、身体が熱くて……これ、温泉の熱さのせいじゃないよな？）

啓太は、自身の異変にようやく気付いた。

露天風呂は、源泉百パーセントかけ流しなのでやや湯温が不安定ながら、概ね四十二度前後と、人によってはかなり熱く感じる温度を保っている。そのぶん、よく温まるのだが。

しかし、今感じている火照《ほて》りは温泉で温められたものとは異なり、もっと身体の奥から湧きあがってくるようだった。しかも、その熱の広がりに伴《ともな》って、爆乳女将の存在をより強く意識するようになっている気がする。

ふと横を見ると、いつの間にか志帆子は啓太によりいっそう近づいてきていた。

この距離になると、紅潮した顔はもちろんのこと、うなじや胸元にできた汗の滴《しずく》も、はっきりと見える。それに、心なしか女性の匂いも漂《ただよ》ってくるような気がした。

そんなことを意識したせいか、啓太の股間のモノは湯浴み着の中で自然に体積を増していた。

前回の混浴では、こんなことにならなかったというのに、今回はいったいどうしてしまったのだろうか？

（や、ヤバイな。こんなところ、女将さんに見られたら……）

もちろん、志帆子は未亡人なのだし、前は素っ裸の啓太と平然と混浴したのだから、男の生理現象である勃起を見たくらいで怒ったりはしないとは思う。しかし、混浴している男が自分の肉体に欲情していることを知ったら、果たしてこれからも今までどおり自然に接してくれるだろうか？

そんな懸念が、啓太の心に湧きあがって、ついつい股間を手で隠してしまう。

色々と大変なこともあったものの、「夢乃屋」で働きだして二週間が経ち、啓太は少なくとも志帆子と由衣に対して、警戒心や恐怖心をあまり抱かなくなっていた。

この調子で客の女性とも接していれば、遠からず元カノのせいでできた心の傷も癒えるかもしれない。

ようやく、そのような期待を抱けるようになったというのに、爆乳女将に見捨てられたら、もう立ち直れないくらい自信を失ってしまいそうだ。

（どうしよう？　すぐにでも、風呂から上がって……）

そんなことを考えだした矢先、お湯の中で勃起を隠していた手に何かが触れた。

下を見てみると、隣から伸びた手が啓太の手に重なっている。当然、その手の主は志帆子である。

慌てて目を向けると、彼女は妖艶《ようえん》な笑みを浮かべてこちらを見ていた。

「お、女将さん!?」

焦《あせ》った啓太は、素っ頓狂な声をあげて、振り払うように手をお湯から出してしまう。

ところが、爆乳女将はそのまま股間に手を這わせてきた。そして、大きくなった一物《いちもつ》を湯浴み着の上からまさぐりだす。

途端《とたん》に、甘美な心地よさが分身からもたらされて、啓太は「はううっ！」と声を漏《も》らしていた。

ある程度の厚みがある湯浴み着越しとはいえ、他人の手でペニスを弄《いじ》られたのは初めてだったため、生じた快感に戸惑いつつも、制止できなかった。いや、志帆子が自らこんなことをしてくるとは想定外で、パニックになってしまって「止める」という考えそのものが、まるで思い浮かばなかったのである。

「ああ、啓太さんのオチ×ポ、すごく大きく、硬くなっているの、湯浴み着越しでもはっきり分かるわぁ。すごぉい」

そう言った志帆子は、先ほどよりも頬《ほほ》を紅潮させ、目を潤《うる》ませていた。

「ううっ……お、女将さん、いきなり何を……？」

「もう。今は仕事中じゃないんだからぁ、『女将さん』じゃなくて、名前で呼んでもらいたいわぁ」

啓太に対して、爆乳女将が艶めかしい声で抗議してくる。そうしながらも、湯浴み着越しにペニスを弄る手を止めようとはしない。

　交際してもいない女性から名前呼びを求められ、さすがに困惑はあった。しかし、股間からもたらされる心地よさに翻弄《ほんろう》されて、あれこれ考える心の余裕がない。

「し、志帆子さん……くっ、こんなの……マズいですって」

「大丈夫よぉ。今は、わたしたちしかいないし、ここは近くに家もないからぁ」

　啓太が理性を総動員して、かろうじて制止しようとすると、志帆子がいささか的外れな回答をしてくる。

「そ、そういう問題じゃなく……」

「啓太くんだって、本当はエッチな気分になっているのよねぇ？　夢塩温泉の裏の効能に、そういうのもあるからぁ」

「へっ!?　それは、いったい？」

　爆乳女将が思いがけないことを口にしたため、啓太は思わず疑問の声をあげてしまう。すると、彼女はそのまま言葉を続けた。

「ここの温泉、実は混浴すると怪我なんかの治癒効果が高まるだけじゃなくて、発情効果も起きるのよぉ。もっとも、本来の効果はごくごく弱くて、せいぜいちょっとムラムラする程度なんだけど。前に啓太くんと混浴したときも、わたし本当は少しだけ身体が疼《うず》いていたの。啓太くんは、何も感じなかった？」

「そ、そういえば……」

指摘されてみると、確かに前回も志帆子に胸の高鳴りを覚えた記憶がある。

ただ、あのときは初めての混浴のせいと思っていたし、女性への恐怖心や警戒心が勝っていたため、自分の中に生じた欲望を理性で抑え込んだのである。

「前回が我慢できる程度だったから、今回も大丈夫かと思っていたんだけど……わたし、なんだか啓太くんが欲しくてたまらなくなっちゃったのよぉ」

爆乳女将が、艶めかしくそんなことを言う。

どうやら、彼女は温泉の発情効果にすっかりやられてしまったようだ。もしかしたら、既婚者でセックスの経験があるぶん、影響をより強く受けているのかもしれない。

啓太の場合、キスの経験すらない真性童貞なだけに、女性に対してムラムラする気持ちは生じても、女将のように行動を起こすことはできなかった。せいぜい、風呂から出たら自室で孤独な指戯に耽ろう、と思ったくらいである。

しかし、「本来はちょっとエッチな気分になる程度」らしいが、今の志帆子の様子と自身が感じている感覚は、とてもそんなレベルのものではなかった。

（俺は、この温泉の効果を高める体質みたいだから、もしかしてそのせいで発情効果も高まった？　でも、だとしたら前回は、なんでこんなふうにならなかったんだ？）

という疑問が、心をよぎる。

だが、その疑念をのんびり掘り下げて考える余裕はなかった。何しろ、高まる欲望を我慢できなくなったのか、志帆子が正面に移動して、顔を近づけてきたのである。

「し、志帆……んんっ!?」

慌ててこちらが口を開くのと同時に、彼女の唇が重なって言葉を遮《さえぎ》る。

（お、俺のファーストキス……）

唇に柔らかく温かな感触が広がり、たちまち啓太の思考回路がショートしてしまった。

「んっ。んむ、んちゅ……」

声を漏らしながら、爆乳女将がこちらの唇を貪《むさぼ》りだす。

（キス……俺、女の人にキスされて……）

これ以上ないくらい眼前に広がった志帆子の美貌、ほのかな女性の匂い、それに女体の温度。そして、唇からもたらされる心地よさ。

それらを感じながら、啓太は彼女の行為を呆然としたまま受け入れることしかできずにいた。

4

啓太の唇を、ひとしきり貪った志帆子が、「ふはっ」と声を出して、ようやく唇を離した。そして、こちらの上からどく。

初めてのキスに戸惑いはあったものの、心地よい行為が終わったことに対して、啓太の中に残念な気持ちが自然に湧いてきてしまう。

しかし、爆乳の未亡人女将はすぐに口を開いた。

「啓太くん、立ってくれる？」

という指示を受け、思考回路がほぼ停止状態の啓太は、反射的に「はい」と応じてその場で立ち上がる。

すると、志帆子が跪《ひざまず》いたまま前に回り込んできた。そして、パンツ型の湯浴み着に手をかける。

彼女が何をする気か察した啓太が、「あっ」と声をこぼすのと、湯浴み着が引き下げられて下半身が露わになったのは、ほとんど同時だった。

「えっ、すごっ……こんなに大きいオチ×ポ、初めてかも……」

爆乳女将が、目を丸くしてそんなことを口にする。

もともと、発情効果のせいで分身はすっかり大きくなっていたのだが、ファーストキスの心地よさで既に限界までいきり立っていた。その先端は天を向き、跪いた美女に裏筋を見せている。

どうやら、啓太の一物は彼女が目にしたことのない大きさだったらしい。

とはいえ、他人の勃起と見比べた経験などないので、こちらとしてはどうにもコメントできないのだが。

驚きの表情を浮かべて動きを止めていた志帆子だったが、すぐに気を取り直したらしく肉棒に手を伸ばしてきた。そして、竿を優しく握る。

それだけで、自分の手とは異なる心地よさがもたらされて、啓太は思わず「くうっ」と声を漏らしていた。

そんなこちらの反応に、爆乳女将が「ふふっ」と妖艶な笑みを浮かべて、先端の角度を変えた。そうして、ゆっくりと口を近づけていく。

思考回路が半ば以上ショートしていても、彼女が何をする気なのかは容易に想像がつく。

（ふぇ、フェラ……）

アダルト動画などではお馴染みの行為で、啓太も孤独な指戯に耽るときは、女性にしてもらうことをさんざん妄想していた。だが、見知った年上美女が実際にしようとしているのを目の当《まあ》たりにすると、かえって信じられないものを見ているような、現実感の乏しさを抱かずにはいられない。

啓太が、目を見開いて見守る中、志帆子の口が亀頭にジリジリと迫っていく。

やがて彼女は舌を出すと、縦割れの唇を「レロ」と一舐《ひとな》めした。

途端に、腰が抜けそうになるほどの甘美な性電気が発生し、啓太は「ふああっ！」と素っ頓狂な声を空に響かせていた。

宿泊客や由衣がいたら、この情けない声を聞かれていたかもしれない。

未亡人女将は、こちらの反応に「うふっ」と嬉しそうな笑みを口元に浮かべた。そうして、本格的に亀頭を舐め回しだす。

「レロロ……チロ、チロ……ピチャ、ピチャ……」

「はううっ！　くうっ、し、志帆子さん！　ううっ、よすぎっ……あううっ！」

舌が先っぽに這うたびもたらされる快電流を前に、啓太はただただ喘《あえ》ぐことしかできなかった。

すると、志帆子がいったん先端から舌を離した。そして、カリを軽く舐めてから、竿を持ち上げて裏筋をネットリとした舌使いで舐め回す。

「ンロロ……ンロ、んじゅる、レロロロ……」

そうして、ことさら音をさせながら陰嚢《いんのう》まで舐められると、亀頭とは異なる性電気が発生する。

（こ、これがフェラチオ……気持ちよすぎて……）

啓太は、もはや言葉を発する余裕もなく、もたらされる快感にひたすら酔いしれていた。

分身からここまでの心地よさが生じたのは、生まれて初めてと言っていいだろう。自慰しか知らない身にとって、この未知の快楽は人生観すら変えてしまいそうな気がしてならない。

すると、不意に爆乳女将が舌を離し、快感の注入が止まった。

（えっ？　もしかして、これで終わり？）

という不安が脳裏をよぎり、思わず足下の志帆子を見てしまう。

しかし、彼女は竿を握ったまま「あーん」と口を大きく開けた。それから、ゆっくりと一物を口に含みだす。

「ふおっ!?　おおおっ！　はううっ！」

生温かな口内に分身が入り込んでいく感覚を前に、啓太はまたしても素っ頓狂な声を天に響かせていた。

手とは異なる初めての感触に、肉棒がジワジワと包まれていくのは、筆舌に尽くしがたい気持ちよさだった。舐められるのもよかったが、これはこれで違う快感がもたらされる気がする。

啓太がそんなことを漠然と考えている間に、志帆子は根元近くまでペニスを口に含んで、「んんっ」と小さな声を漏らして動きを止めた。そうして、ゆっくりとしたストロークを開始する。

「んっ……んむ……んぐ……」

「くああっ！　これっ！　はううっ！」

たちまち強烈な性電気が分身からもたらされて、啓太は甲高い喘ぎ声をあげていた。

(く、口でチ×ポをしごかれるの、すごくいい！)

フェラチオの気持ちよさを想像はしていたが、往復運動によって生じる心地よさは予想を遥かに上回るものだった。

何しろ、口内の生温かな感覚や唇でしごかれる感触は、手とまるで違うのである。

加えて、美女の口とペニスの間からジュブジュブと淫《みだ》らな音がこぼれ出るのも、なんとも淫靡《いんび》に思えてならない。

そんな感動を覚えながら、啓太が視線を下ろしたとき、志帆子の頭に巻かれていたタオルが外れて湯に落ちた。すると、背中の真ん中まである彼女の長い髪が現れ、毛が湯につく。

旅館の女将なのだから、温泉マナーとしてタオルや髪の毛を湯につけるのはよろしくないと分かっているはずだ。しかし、志帆子は気にする素振りも見せずに、ストロークを続けている。もはや、些末《さまつ》なことで行為を中断する気にならないのだろう。

「んむ、んぐ……ふはっ。レロロ……チロ、チロ……」

陰茎をいったん口から出すと、爆乳女将はまた亀頭を舐め回しだした。

「ああっ！　志帆子さん、僕、もうっ！」

初フェラチオの快楽を前に、啓太は込み上げてくる射精感を堪《こら》えきれず、限界を口にしていた。

我ながら早すぎる気はするが、もたらされる快電流の強さは予想を遥かに超えている。初体験の人間に、とても耐えられるものではあるまい。

「レロロ……ふはあっ。お湯にザーメンをこぼすのは、ちょっと避けたいわねぇ……そうだわ。全部、飲んであげる」

そう言うと、未亡人女将はまた一物を咥《くわ》え込んだ。そして、射精を促すような素早くリズミカルなストロークをしだす。

「んっ、んっ、んむっ、んぐっ……」

「くはあっ！　し、志帆子さんっ、それ……ああっ！」

もたらされた快感に、啓太は天を仰いで喘ぐことしかできなかった。

もちろん、口内射精というものは、アダルト動画などを見て知っている。だが、初フェラチオでいきなり経験できるとは、思いもよらなかった事態だ。ましてや、その相手が志帆子なのだから、抵抗がないと言ったら嘘になる。

しかし、四十二～四十三度あるお湯に精液をぶちまけたら、固まって後処理が面倒になる可能性が高い。それなら、口内で処理しようという彼女の考え方も納得がいく。

結局、啓太は美人女将の行動を止める気にならず、心地よさに身を任せてしまった。

すると、すぐに限界が訪れる。

「ああっ、ヤバイ！　本当に……出る！」

と口走るなり、啓太は彼女の口に大量のスペルマをぶちまけていた。

5

「んんっ……ふはあ。濃いミルクが、お口にいっぱぁい。少し、溢《あふ》れちゃったわぁ」

口内の精液を処理し終えた志帆子が、恍惚《こうこつ》とした表情でそんなことを口にする。

実際、彼女の口の端からは、白濁《はくだく》の筋がこぼれ出ていた。

未亡人女将は、それを手で拭って口に運んでから、湯に浮かんだタオルを取り出して湯船の外に置く。

一方の啓太は、腰が砕けて縁に座り込み、彼女の行動を呆然《ぼうぜん》と見ていた。

(なんだか、夢を見ているみたいだ……)

そんな思いが、朦朧《もうろう》とした啓太の脳裏をよぎる。

すると、志帆子が湯から上がった。そして、妖しい笑みを浮かべながら湯浴み着の肩紐をほどいて、身体を隠していたものを引き下げる。

一糸まとわぬ姿になった美人女将に、啓太はたちまち目を奪われていた。

普段は、ほぼ和装の上からしか見ていなかったし、あとは湯浴み着くらいだったため、彼女のプロポーションの全体像はよく分からなかった。

しかし、こうして見ると、予想以上の存在感を誇る釣り鐘形のバストはもちろんのこと、全体のメリハリがしっかりある。

大きな乳房の頂点にある乳暈《にゅううん》や屹立《きつりつ》した突起は、やや大きめでくすんだピンク色をしていたが、それがかえって生々しい色気を醸《かも》しだしている気がした。

さすがに、ウエストは若干ふっくら気味なものの、それでも三十二歳という年齢を考えれば見事なスタイルと言えるだろう。それに、乳房が大きいので腰回りに多少肉があるほうが、むしろバランスが取れているように思える。

そんな爆乳美女の魅惑的な裸体を目にしただけで、一発出して少し落ち着いた興奮が、たちまち回復してしまう。

志帆子は、湯浴み着を床に置くと、身体の向きを変えた。そして、縁に座り込んだまま呆然としている啓太の膝の上に座ってくる。

「えっ？　なっ……」

いきなり、七歳上の美女の後頭部が眼前に広がり、彼女の体重を太股で感じて、啓太はただただ絶句するしかなかった。

「啓太くん、オッパイ揉《も》んでぇ」

そう女将に声をかけられて、ようやく真っ白になっていた頭にわずかな思考力が戻ってくる。

「えっと……あの、い、いいんですか？」

「もちろんよ。それとも、わたしのオッパイなんて触りたくないのかしら？」

戸惑いの声をあげた啓太に対し、志帆子が振り向きながらそんなことを口にする。

爆乳女将の言葉に、啓太はブンブンと首を横に振っていた。

彼女の大きなバストを思い切り揉みしだきたい、という欲求を抱くのは、特殊な性癖の男でもない限り、ごく自然なことではないだろうか？

それは、啓太も例外ではなかった。

このふくよかな乳房に触れる、しかも本人が望んでくれている、というだけで緊張と共に、激しい興奮が湧いてきた。

これが、温泉の発情効果のせいなのか、あるいはフェラチオをしてもらったことによる開き直りのせいなのかは分からない。とにかく、今は女性への警戒心や恐怖心よりも、「生の乳房に触れたい」という本能的な欲求が勝っている。

そのため、啓太は両手を前に回し、ふくらみを鷲摑《わしづか》みにした。

すると、志帆子が「んああっ」と甲高い声を漏らし、手からこぼれんばかりの爆乳がフニュンと形を変えて、指が簡単に沈み込む。

「うわっ。す、すごっ……」

啓太は、思わずそんな感想を口にしていた。

予想していたよりも柔らかなそれは、今までに触れたどんなものとも違う感触だった。柔らかさだけなら、マイクロビーズのクッションが一番近い気はする。しかし、乳房には弾力はもちろん肌のきめ細かさもあるので、似て非なるものだと言っていい。

「あら？　フェラのときも思ったんだけど、啓太くんって女性とこういうことをするの、もしかして初めて？」

「あ……はい。その……」

志帆子の指摘に、啓太は情けなさを覚えながら、そう応じていた。

元カノは、手を握る以上のことはさせてくれず、胸の感触もせいぜい向こうが腕を組んできたときに、ブラジャーと服を挟んで感じた程度だった。あの頃は、それでも有頂天になっていたが、今にして思うとすべて啓太を操る彼女の作戦だったのだろう。

「だったら、わたしなんかが初めての相手で、なんだか申し訳ないわねぇ？」

と、爆乳の美人女将がこちらを見ながら言った。やはり、七歳も年上だということを、気にしているのかもしれない。

「いえ、その……志帆子さんは、すごく魅力的な女性だと思うんで……」

啓太は、なんとか素直な気持ちを口にしていた。

実際、彼女に魅力があるとは、発情効果を抜きにしてもずっと思っていた。そんな年上美女が、自分の初体験の相手になってくれることに、文句などあるはずがない。

「そう？　なら、よかった。じゃあ、そろそろ揉んでもらえる？　あ、最初はあんまり乱暴にしないでね？」

(うう……こうなったら、やるしかない)

志帆子の指示を受けた啓太は、開き直って、しかし慎重に乳房を揉みしだきだした。

「んっ……あっ、あんっ。そう……んっ、最初はそれくらい……んあっ、女性の反応を見ながら、んんっ、少しずつ力を強めてぇ」

愛撫をしていると、爆乳女将がアドバイスを口にした。

おそらく、今の彼女にはこの力加減では弱すぎるのだろう。

そう判断した啓太は、思い切って指の力を強めてみた。

「んあぁっ、そうよぉ！　ああっ、それぇ！　はあんっ、オッパイッ、あんっ、すごくいいわぁ！　はああっ、ああっ……！」

たちまち、志帆子が大きな喘ぎ声を夜空に響かせた。

露天風呂ではあるが、宿には他に誰もおらず、また近くに人家もない安心感からか、彼女は遠慮なく声を出している。

何しろ、想像はしていたが初めて実際にする愛撫なので、自分でも手つきがぎこちないとは思っているのだ。それでも女将の声を聞く限り、充分に感じてくれているらしい。おそらくは、発情効果によるところも大きいのだろう。

（それにしても、これが本物のオッパイの手触りなんだな……）

という感動が、改めて啓太の心に込み上げてきた。

同時に、元カノに腕を組まれたとき腕に感じた感触が、果たして本物だったのか、あるいはパッドの類だったか、という疑問が今さらながらに湧く。

もちろん、あの頃はそれでも興奮できたが、こうして生のバストを揉みしだいて感触を堪能すると、自分がどれほど単純だったかを痛感せずにはいられない。

それに、爆乳女将の身体から漂ってくる甘い匂いが、本能を刺激してやまないのだ。

そんなことを思いながら、ふと視線を向けた先に、下りた髪の間から白いうなじが見えた。

いつも、和装のときは髪をアップにしているため露出しているうなじが、今は髪の毛で隠れてチラチラとしか見えていない。それが、いわゆるチラリズム的な色気を醸し出しているように思える。

どうにも我慢できなくなった啓太は、片手を乳房から離して髪を片側に寄せると、うなじを露わにした。そうして、再び両手でバストを揉みながら、露出させた白い首筋に舌を這わせる。

「ひあっ、うなじぃ！　ああんっ、それぇ！　あっ、あううっ……！」

志帆子は、素っ頓狂な声をあげつつ、さらに喘ぎ続けた。

（こうやって舐めると、志帆子さんの匂いがよりはっきりする。それに、汗のほのかなしょっぱさも、なんか興奮できる）

そう思うと、ついつい手にも力が入ってしまう。

「はあんっ！　啓太くんっ、ああっ、いいのぉ！　あんっ、あああっ……！」

トーンが跳ね上がった爆乳女将の声が耳に心地よくて、啓太は乳房とうなじへの愛撫にすっかり夢中になっていた。

「はうっ、ああっ、啓太くんっ、あんっ、そろそろっ、ああっ、下もぉ！」

しばらく行為を続けていると、志帆子がそんなことを口にした。

それを聞いた啓太は、手と舌の動きを止め、「下……」と生唾《なまつば》を呑み込んでしまう。

牡の本能に支配され、思考力が著しく低下した状況でも、彼女の言葉の意味くらいは理解できた。

先ほど目にした恥部に指を這わせる、と意識しただけで、興奮の度合いが一気に高まった。生の女体に触れている昂《たかぶ》りもあって、先に一発抜いてもらっていなかったら、この時点で暴発していたかもしれない。

また、もしも普段の啓太だったら、さすがに二の足を踏んでいただろう。だが、今は発情効果のせいか、困惑はあっても女性からの要求を拒む気にはならなかった。

啓太は、片手を胸から離して、恐る恐る志帆子の股間へと向かわせた。

そうして、秘裂に指が触れるなり、爆乳女将が「あんっ」と甘い声を漏らす。

「わっ。ぬ、濡れて……」

啓太は、指から伝わってきた感触に驚きの声をあげていた。

つい先ほどまで、温泉に入っていたのだから、湿り気があるのは当然だろう。しかし、指にまとわりついてきた液体の粘度は、明らかにお湯とは異なる。

それに、プックリとした秘部の感触は、唇ともまた違ったように感じられる。

「啓太くんのオチ×ポにフェラしていて、啓太くんにオッパイを揉まれて、わたしもとっても興奮しているのよぉ」

と、志帆子が甘い声で教えてくれる。

（そんなに、興奮してくれていたんだ……）

そう思うと、自然に悦《よろこ》びが込み上げてきた。

もちろん、夢塩温泉の発情効果の影響が大きいのは間違いあるまい。それでも、女性が感じてくれているというのは、男として嬉しく思えてならなかった。

「啓太くん、指を動かしてぇ。オマ×コ、愛撫してちょうだぁい」

そう求められて、啓太は緊張しながらも「はい」と応じた。そして、筋に沿って指を動かしだす。

「はあんっ、それっ、ああっ、いいっ！」

たちまち、爆乳女将がおとがいを反《そ》らして甲高い声をあたりに響かせた。

（志帆子さんのエッチな声が……ああ、本当に夢みたいだよ）

自分の指の動きで美女が喘ぐ光景を目の当たりにしながらも、啓太は未だにリアリティを感じられずにいた。

何しろ、生まれてから二十五年間、まともな男女交際の経験がなく、ようやく交際できたかと思ったら実は女性に弄《もてあそ》ばれていただけ、という人生を送ってきたのである。そんな自分が、アルバイトで働き出した先の宿の女将を愛撫で喘がせているなど、実際にしていてもなかなか気持ちが追いつかないのは、仕方がないのではないだろうか？

「ああっ、啓太くんっ、あんっ、あんっ、オッパイとっ、ふああっ、うなじもっ、あんっ、忘れたらっ、ああっ、駄目なのよぉ！　ああんっ、はううっ……！」

と、志帆子に喘ぎながら言われて、啓太は物思いに耽って彼女の股間への愛撫にのみ気を取られていたことに、ようやく気がついた。

「す、すみません」

反射的に謝ってから、啓太は胸に添えたままの片手を動かしだし、同時に再びうなじを舐めだした。もちろん、秘部への愛撫も忘れていない。

「レロロ……チロ、チロ……」

「んはああっ！　三ヶ所ぉぉ！　ああっ、これっ、はううっ、すごくいいっ！　ああんっ、ひゃううっ……！」

美人女将が、悦びに満ちた声を張りあげる。宿に誰かいたら、間違いなく聞こえていただろう。

(三つの動きを同時にするのは、なかなか大変だけど……志帆子さんを、いっぱい感じさせられるなら)

その一心で、啓太はさらに愛撫を続けた。

すると、間もなく秘部を弄っている指に温かな蜜が、トロトロと絡《から》みついてきた。

その感触に興奮を覚えた啓太は、本能的に指を割れ目に沈み込ませた。途端に、志帆子が「はううんっ！」と声をあげつつのけ反る。

初めての膣の触り心地と、温かい液体がまとわりつく感覚が、なんとも興奮を煽《あお》ってやまず、啓太はかき混ぜるように指を動かしだした。

「きゃふうっ！　いいわぁ、それぇ！　ああっ、はうっ、ひゃううんっ……！」

爆乳女将の喘ぎ声のトーンが一オクターブ跳ね上がり、その身体がビクビクと小刻みに震える。どうやら、相当の快感を得ているらしい。

「ああっ、わたしぃ！　はううっ、これ以上っ、あんっ、我慢できなぁい！　あううっ、啓太くんっ、ああっ、オチ×ポッ、あんっ、早くっ、はあんっ、挿《い》れてぇ！」

志帆子が、喘ぎながらそんなことを口にする。

そのため、啓太は愛撫をやめて舌と手を離した。

「い、挿れ……それって……？」

「んはあ……ええ。啓太くんのオチ×ポを、オマ×コに挿入して欲しいのよぉ」

言葉の意味を充分に捉えきれなかった啓太に対し、爆乳女将が間違いようがなくはっきりと求めてくる。

（ほ、本当に志帆子さんと……）

そう思っただけで、啓太の頭に一気に血が上ってのぼせそうになった。これは、足から伝わってくる湯の熱さが原因ではないだろう。

ただ、思考がオーバーヒート状態になってしまったせいか、何をどうすればいいのかということには、まったく考えが回ってくれない。

すると、こちらの状況を察したのか、爆乳女将が立ち上がった。

彼女の重さや温《ぬく》もりや芳香が急速に失われて、そのことに少し残念な気持ちが湧いてきてしまう。

しかし、志帆子は構わず啓太の横に立つと、湯船の縁に手を突いて四つん這いのような体勢になってヒップを突き出した。

「初めてなら、バックのほうが動きやすいと思うし、こっちからしてもらえるかしら？　ほら、いらっしゃぁい」

そう言って、志帆子がこちらを見ながら妖しく腰を振る。

横から見ても興奮を煽るその動きに、啓太は自然に「はい」と立ち上がっていた。それから、爆乳女将の背後に回り込む。

彼女の体勢と言葉で、どうすればいいのかは半ば本能的に理解できた。もっとも、それもアダルト動画などで目にした知識があってこそかもしれないが。

啓太が後ろに来ると、挿入しやすくするためか、志帆子が腰の動きを止めた。

（……志帆子さん、四つん這いの姿もすごく綺麗だ）

こちらに突き出された、白くふくよかなヒップ、それに蜜を溢れさせたヴァギナの存在感がなんとも生々しく、興奮を煽ってやまない。

啓太は、ほとんど本能的に片手で未亡人女将の腰を摑み、もう片方の手で分身を握って、角度を調整して先端を秘裂にあてがった。

「んあっ。そう、そのまま挿入してぇ」

と、彼女に促された啓太は、もはやあれこれ考える余裕もないまま、指示に従って腰に力を込めた。

すると、驚くくらいあっさりと、肉棒が割れ目に呑み込まれていく。

「んはあっ！　入ってきたぁ！」

「わっ、すごっ……」

嬌声の声をあげる志帆子に対し、啓太は初めての感触に驚きの声を漏らしていた。

本番行為は、自慰のときにいつも想像していたことである。しかし、生温かくぬめった膣道に分身が入り込んでいく生々しい感覚は、思っていた以上の心地よさをもたらしてくれる。

手はもちろんのこと、口とも異なる感触の膣肉にペニスが徐々に包み込まれていく感じは、永遠に味わっていたいと思えるような快楽を生じさせるのだ。

そうして、やがてヒップに腰がぶつかり、それ以上は進めないところに到達する。

その瞬間、爆乳女将が「はあああぁぁぁん!」と甲高い声をあげ、身体を小刻みに震わせた。

だが、そんな反応はすぐに収まり、彼女の全身から急速に力が抜けていく。

「はあああ……すごぉい。この体位なのに、子宮口をこじ開けられそうになるなんてぇ……こんなに奥まで届いたオチ×ポ、初めてよぉ」

志帆子が、恍惚とした表情で、そんなことを口にする。

だが、啓太はその言葉を上の空で聞いていた。

(こ、これが女の人の……オマ×コの中……)

挿入途中でも感じていたが、爆乳女将の膣内は生温かくヌメヌメしていながら、一物に吸いついてくるようだった。それが、動かなくてもなんとも言えない心地よさをもたらしてくれる。

自慰のとき、女性の中の感触を想像していたが、本物は、少なくとも志帆子の中は思い描いていた以上に気持ちいい。

まったくもって、彼女とこのようなことをしているとは、まだ夢でも見ている気がしてならなかった。

「んはああ……啓太くぅん、感動に浸《ひた》っているところ申し訳ないんだけどぉ、そろそろ動いてもらえるぅ？」

と、もどかしそうに声をかけられて、啓太はようやく我に返った。

志帆子の指摘のとおり、セックスというのは挿入して終わりではないのである。

「あっ。す、すみません」

そう慌てて応じて、啓太は彼女の腰を両手で摑んだ。そして、本能のままに腰を動かしだす。

「はうっ！　あっ、あんっ！　いいっ！　ああっ、奥っ、はうっ、子宮っ、きゃふうっ、ノックッ、ああっ、されてぇ！　はうっ、ああんっ……！」

たちまち、爆乳女将が甲高い悦びの声をあたりに響かせ始める。

（うわあっ！　き、気持ちいい！）

抽送《ちゅうそう》を始めるなり、一物からもたらされた快感の鮮烈さに、啓太は心の中で驚きの声をあげていた。

ピストン運動による心地よさも、ある程度は予想していたが、実際の行為で生じた快感の大きさは、想定を遥かに上回るものだった。また、動物的な体位のおかげか、腰の動かし方が直感的に理解できるぶん、気持ちよさが強く感じられる気がする。

とにかく、抽送で膣道とペニスが擦れるたび、竿から予想を大きく超える性電気が発生するのだ。それに、奥を突くたび敏感な先端が子宮口に当たり、そこからも得も言われぬ心地よさが生じていた。

それらの快電流が、脊髄を伝って啓太の脳を灼《や》く。

加えて、こちらの動きに合わせて志帆子が艶めかしく喘ぐ姿と声が、アダルト動画とはまったく異なる興奮をもたらしてくれる。

また、後背位なので見えているわけではないが、抽送するたびに爆乳がタプンタプンと音を立てている。その音だけで状況が脳裏に思い浮かび、自然に昂りが増していくのだ。

「んあっ、啓太くんっ！　ああっ、またっ、はううっ、オッパイッ、んはあっ、揉んでぇ！　ああっ、はあんっ……！」

未亡人女将が、そんなリクエストを口にした。

そこで啓太は、ほとんど無意識に「はい」と応じ、腰から手を離した。そして、小さな抽送を続けながら、両手を彼女の前に回し、ふくよかな胸を鷲掴みにすると、力を入れて乱暴に揉みしだきだす。

「はああっ、いいっ！　あんっ、これっ、ああっ、オッパイッ！　はううっ、オマ×コォ！　ひゃうっ、気持ちいいのぉ！　ああっ、啓太くんっ、きゃうっ、オチ×ポッ、ああんっ、すごくいいぃぃぃ！　あんっ、はああっ……！」

志帆子が、喘ぎながらそんなことを口走る。

ペニスを褒められたことなどないので、このように言われるといささか気恥ずかしさもある。だが、妙に興奮を煽られる気もした。

この昂りは、発情効果によるものなのか、それとも初セックスの興奮によるものなのか、あるいは両方の相乗効果なのだろうか？

「はうっ、あんっ、あんっ、あううっ！　ひゃんっ、ああんっ……！」

志帆子が、とうとう言葉を発する余裕をなくしたのか、ひたすら喘ぐだけになった。

(ああ……志帆子さんのオッパイとオマ×コ……本当に、最高だ！)

啓太も、爆乳女将の肉体にすっかり夢中になり、手でふくらみの感触を堪能しつつ、ペニスで膣内の感触を味わい続けた。

できれば、この快楽にずっと浸っていたい。

そんな思いすら、心に湧いてくる。

しかし、抽送を続けている以上、それは叶わない願いである。

間もなく、啓太の中に新たな射精感が込み上げてきた。

「ああっ、啓太くんっ、んあっ、中でっ、はうっ、ビクッてぇ！　ああんっ、イキそうなのねっ？　あんっ、わたしもっ、ああっ、もうっ……中にっ、はあっ、中にっ、ああっ、熱いザーメンッ、はあんっ、ちょうだぁい！」

と、志帆子が切羽詰まった声を張りあげる。

思考回路が完全にショートした状態の啓太は、リスクに気を回す余裕もなく、本能的に彼女の求めに応じて胸を揉む力を強めつつ、ピストン運動の速度を上げていた。

「あっ、あっ、あんっ、もうっ！　ひゃうっ、もうっ、ああっ、はああっ……！」

爆乳女将の声がより甲高くなり、それに合わせて膣肉が妖しく蠢《うごめ》いて陰茎を刺激してくる。

そこで限界に達した啓太は、「くうっ！」と呻《うめ》くなり、腰の奥に突き入れたところで動きを止め、子宮にスペルマを注ぎ込んだ。

「はああっ、中にぃぃぃ！　はうううううぅぅぅぅぅぅうぅん!!」

射精を感じた瞬間、志帆子も獣の遠吠えのようにおとがいを反らして、絶頂の声を星空に響かせるのだった。

第二章　秘湯で蜜濡れる淫欲ＯＬ

1

朝、起床して仕事着の作務衣に着替えた啓太は、部屋の洗面所で顔を洗ってから、

「はあー」と大きなため息をついていた。

「俺、どんな顔をして志帆子さん……女将さんと会ったらいいんだろう？」

つい、そんな愚痴めいた言葉が口を衝く。

何しろ夕べ、露天風呂で爆乳女将と関係を持ってしまったのである。

彼女の肉体の感触は、一晩経ってもまだ身体のあちこちに生々しく残っている。

もちろん、関係を持ったのは温泉の発情効果によるのが大きいし、はっきりと告白されたわけでもない。

ただ、相手がまるっきりのフリーでもあの展開は困惑するだろうに、志帆子は夫を亡くして半年ほどの未亡人なのである。正直、これからどういう態度で接したらいいのか、まったく見当がつかなかった。

とはいえ、このまま部屋に引きこもっているわけにもいくまい。

(とにかく、志帆子さんの態度次第かな？　エッチしちゃったのは、あくまで温泉の発情効果のせい……のはずなんだから)

もともと、爆乳女将は同じ県の県庁所在地の市にある、大手ホテルのレストランで働いていたらしい。しかし、腱鞘炎《けんしょうえん》になって厨房に立てなくなり、藁《わら》にもすがりつくような気持ちで「夢乃屋」に訪れた。そして、妻を亡くしてから老母と二人で、宿の運営と子育てに励む隆太郎と出会ったのである。

一人で宿を訪れた志帆子は、当然の如く彼と混浴し、数日で腱鞘炎は劇的によくなった。そうして滞在している間に、志帆子はまず由衣と仲良くなり、さらに隆太郎に惹《ひ》かれるようになったらしい。

それから、彼女はしばしば「夢乃屋」を訪れるようになり、やがて娘に後押しされた隆太郎からの告白を受けて、出会って二年目に結婚した。

ただ、行為のあと志帆子から聞いた話によると、数年の結婚生活の間、夫婦が誰にはばかることもなく愛し合えた回数は、決して多くなかったらしい。もちろん、お互いを大事に思っていたのは間違いない。だが、家に年頃の娘がいる上、旅館を営業していることもあって、なかなか思うように関係を持てなかったそうだ。

そのため、彼女は夫の死後、かなりのフラストレーションを溜めていたのである。

美人女将の推測だが、本来は極めて弱いはずの発情効果があれほど強力に作用したのは、お互い欲求不満になっていたのが大きな要因だろう。そこに、温泉と相性がいい啓太の体質が影響して、予想外のブーストがかかったのではないか？

また、初日の発情効果が弱かったのは、啓太の打撲や志帆子の肌の治癒に効果が回った可能性が高い。ところが、今回は回復してから混浴したため、発情のほうに大きく偏《かたよ》ってあんなことになったのではないか？

こうした推理が正しいのであれば、夕べの出来事は爆乳女将にとっても事故に遭《あ》ったようなものだ。それに、彼女はセックスをそれなりに経験しているはずなのだから、童貞だったこちらほどは気にしていない可能性もある。

そう考えた啓太は、気まずさを抱いたまま部屋を出て、一階に向かった。

通常、志帆子と由衣は住居部で食事を摂《と》っているのだが、啓太が働きだしてからは宿の食堂で一緒に食べていた。もちろん、宿泊客がいたら時間が被《かぶ》らないように気をつけているが、昨夜はいなかったので特に問題はない。

啓太が恐る恐る食堂に入ると、既にTシャツにズボン姿の由衣が料理を並べていた。

「あっ。啓太さん、おはよう」

「あ、うん……おはよう、由衣ちゃん。夕べは帰りが遅かったはずなのに、ずいぶん早起きだね？」

「起きる時間が、もうすっかり習慣づいているもん。それに、零時は回らなかったから、睡眠時間もそんなに不足してないし。啓太さんは、なんか元気がなさそうだけど大丈夫なの？」

「あ～……へ、平気だよ。考えごとをしていて、よく寝られなかっただけだから」

年下の跡取り娘から心配そうに訊《き》かれて、啓太はどうしようもない居心地の悪さを感じながら、そう誤魔化していた。

どうやら、志帆子は義娘に夕べのことを話していないらしい。由衣の帰りが遅かったため、時間的な余裕がなかっただけかもしれないが。

それにしても、自分がいない間に啓太が義母と肉体関係を持ったことを彼女が知ったら、いったいどんな反応を示すだろうか？

そんなことを考えていると、厨房から和服に割烹着姿の志帆子が姿を現した。

「啓太さん、おはようございます」

こちらの姿を見るなり、爆乳女将がにこやかな笑みを浮かべて挨拶をしてくる。

彼女の顔を目にしただけで、啓太の心臓は自然に高鳴ってしまう。

「お、おはようございます……」

「由衣ちゃん、料理を並べてくれてありがとう。さあ、早く朝ご飯にしましょう。今日は、お客さんが二組いらっしゃるから、お掃除をしっかりしましょうね？」

笑顔でそう口にした美人女将の落ち着いた態度からは、昨晩の露天風呂であれだけの痴態を見せたことが、とても信じられない。

そうして、三人は朝食にかかった。ところが志帆子は、由衣はもちろん啓太とも昨日までとまるで変わらない態度で、普通に会話をしていた。

（なんて言うか、夕べの出来事が実は俺が見たエッチな夢だったような気が……）

食事をしている啓太の心に、ついついそんな思いがよぎる。

無論、身体に残る志帆子の肉体の生々しい感触や、セックス後にあれこれ後始末をしたことが夢であるはずがない。しかし、彼女の平然とした態度を見ていると、ほんの十時間ほど前に露天風呂で性行為に及んだとは、とても思えなかった。

（そりゃあ、俺は初めてだったけど、志帆……女将さんはセックスの経験者だから、それほど気にしていない可能性は考えていたよ。でもなぁ……）

爆乳女将に、ここまでこちらを意識する素振りないと、過剰に気にしている自分のほうがおかしいのではないか、という気さえしてくる。

それとも、行為後に啓太とのセックスを、「とってもよかったわ」と褒めてくれた志帆子の言葉は、脱童貞を果たした男への社交辞令に過ぎず、実は気にする価値もない程度のものだったのだろうか？

そんなことを考えると、啓太はなんとも複雑な心境にならずにはいられなかった。

2

「んっ、んんっ、んふっ……」

「くうっ！　し、志帆子さんっ……ああっ、それっ……はううっ！」

女湯に、爆乳女将の声とヌチュヌチュ音、そして啓太の情けない喘ぎ声が響く。

何しろ今は、立っている啓太の足下で志帆子が膝立ちして、大きな乳房の谷間にペニスを挟み込んでいるのだ。それだけでなく、胸に添えた手を交互に動かして内側で陰茎をしごいている最中なのである。

（これがパイズリ……くうっ。どうして、こうなった？）

分身からもたらされる快感に翻弄されつつも、啓太の脳裏にそんな思いがよぎる。

そもそも、今日も宿泊客がいないので、宿の大浴場は貸切状態だった。

現在、「夢乃屋」は客室数を制限しており、さらに有名な旅行サイトなどへの掲載を拒んでいるため、予約は電話か宿の公式サイトからしか受け付けていない。それに加えて、今は最寄りの鉄道が不通で代行バスしか公共交通機関がなく、自家用車など自前の足がないと来訪もままならない。

このような状況では、客数ゼロという日がしばしばあるのも、やむを得ないことだろう。

雇われの身としては、これで宿の経営が成り立つのか、と心配にもなった。だが、先々代から「宿泊業は水物だから」としっかり蓄えを作っていた上、幸か不幸か隆太郎や彼の母の生命保険金もある。そのため、現在はたとえ一年くらい丸々休業しても、経済的に困ることはないらしい。

そして、明日は宿泊客がいるとのことで、啓太は夕飯のあと少し経った二十時過ぎに入浴に向かった。それから、まずは男湯で身体を温め、パンツ型の湯浴み着を着用して、数日ぶりに露天風呂に入ったのである。

宿泊客がいる場合、啓太は管理の都合で基本的に客の利用を不可にしている二十三時頃に、大浴場にのみ入っていた。

何しろ、露天風呂は湯温が高すぎて交感神経が活発になってしまうため、就寝前に入るには向いていないのである。しかし、二十時頃であれば就寝する頃には交感神経も落ち着くので問題はあるまい。

ところが、熱めの温泉を堪能していたところ、湯浴み着姿の女将がやって来て混浴を望んだのである。

もちろん、啓太は発情のリスクを指摘したが、彼女は「別に平気よ」と意に介する様子もなく湯船に入ってきた。

こちらとしては、「今度は発情しない、という自信があるのか?」という受け止め方をしたが、志帆子は数分と経たないうちにあっさり欲情してしまったのである。

当然、啓太のほうも発情して、彼女を望む気持ちを我慢できなくなった。

そうして、爆乳女将から再び関係を求められて、啓太もようやく爆乳女将の「平気」というのが、再度の肉体関係を持つことを示していたと理解したのだった。

どうやら志帆子は、啓太とのセックスで味わった絶頂の感覚を忘れられず、密かにフラストレーションを溜めていたらしい。

そのため、客がいない今日、欲望を抑えきれなくなり、由衣には「腰が辛いから」と言い訳をして露天風呂に来たのである。なんでも、住居部の風呂は普通の水道水を使っているそうで、温泉の効果を得たければ宿のほうに入るしかないそうだ。

とにもかくにも、いったん発情してしまった以上、生の女体、いわんや一度味わっている肉体が目の前にあって、我慢などできるはずがない。

そこで、露天風呂で行為を始めたものの、今日は前回と違って近くに由衣がいる。

もちろん、住居部から見えたりはしないが、何しろここは閑静な場所なので、大声を出すと声が聞こえてしまうかもしれない。

そんな不安もあり、二人で相談して女湯に移動したのだった。

隣り合っているのだから、男湯でも別によかったのだが、住居部からより離れた女湯のほうが、万が一にも声が聞こえるリスクは低いだろう。そう言われると、啓太としては抵抗があっても女湯での行為を許容するしかなかった。

そうして、志帆子は軽くフェラチオをしたあと、「前回はできなかったから」とパイズリに移行した次第である。

確かに、前は口の奉仕だけであえなく達してしまった。というか、胸でしてもらうことに、頭がまったく回っていなかった。

爆乳の持ち主にパイズリをしてもらわないなど、よく考えてみればあまりに勿体《もったい》ない話である。前回の行為のあと、そんな後悔の念があったため、啓太も彼女の行動を止める気にならず、素直に受け入れたのだった。

「んっ、んっ……んふう。んしょっ、んしょっ……」

爆乳女将が、いったん手の動きを止め、今度は膝のクッションを使って身体全体を上下に動かして、一物をしごきだす。

「むほああ！　それっ……おおうっ！　はうっ！」

強まった性電気を前に、啓太は我ながら間の抜けた喘ぎ声を女湯に響かせていた。

（これっ、フェラともセックスとも、全然違う感じがする！）

分身全体をミッチリと包まれて心地よい、という意味では本番行為に近いかもしれない。しかし、濡れた皮膚にしっかり覆《おお》われた感触は、膣道とは明らかに異なる。その刺激が、新鮮な悦びを生み出している気がしてならなかった。

独り身のとき、アダルト動画などを見て、この行為をしてもらうのをどれだけ夢想したことか。

元カノの実際のバストサイズは不明なままだが、パッドを入れていたとしても志帆子には遠く及んでいなかった。したがって、たとえパイズリをしても、ペニスをここまでスッポリと包み込むことはできなかっただろう。

そのため、元カノと付き合っている最中はもちろん、縁を切ってからも夢物語と諦めていたのだが、それが今、現実になっている。しかも、雇い主である美人女将にしてもらっているのだ。

おかげで、実際にされて快感がもたらされているというのに、どこか現実感が薄く感じられてしまう。

「んっ、はっ、あんっ、すごっ……んあっ、先っぽぉ、あんっ、こうするたびに出てぇ。んっ、はうん……」

身体を揺するように上下に動かしながら、志帆子がそんなことを口にする。

その表情や声色《こわいろ》から考えて、彼女もパイズリでかなり興奮しているのは明らかだった。おそらく、久しぶりの行為ということに温泉の発情効果も加わって、相当に敏感になっているのだろう。

「くうっ。志帆子さんっ！　僕、もうっ……」

我慢の限界が近づいて、啓太はそう口走っていた。

できることなら、もっとこの快楽を堪能していたかったが、ペニスをこれほど刺激されては牡の本能に抗《あらが》えっこない。

　すると、爆乳女将がいったん動きを止めた。

「んはあ。あら、本当。先走りが、こんなに……じゃあ、最後はこうしてあげるぅ。んっ、レロ、レロ……」

　と、彼女は再び手で乳房を動かしつつも、今度は肉茎の縦割れの唇に舌を這わせてきた。

「ぬほぉ！　あうっ、そ、それはっ……はううっ！」

　パイズリとフェラチオという二つの快感が一度にもたらされて、啓太は思わず素っ頓狂な声を女湯に響かせていた。

　どちらか一方でも、頭がおかしくなりそうな気持ちよさだというのに、両方の刺激を同時に与えられているのである。その性電気の強さは、単純に二倍というレベルを遥かに上回っており、初めてされて堪えきれるものではない。

「ふはっ。啓太くんっ、んふっ、お風呂場だしぃ、んんっ、このまま出してぇ。レロ、レロ……」

　と、志帆子がいったん舌を離して言ってから、再び先端を舐め回す。その間も、手の動きをまったく休ませていないのは、さすが経験者といったところか。

（こ、このまま出したら、志帆子さんの顔に……）

顔射は、アダルト動画で目にしており、やってみたいという願望はあった。しかし、実際にするとなると、さすがに抵抗を覚えずにはいられない。ましてや、相手は自分が働いている宿の女将なのだ。

とはいえ、確かに露天風呂や部屋と違って大浴場ならば、たとえ顔にかけても処理は容易だろう。

そう考えた途端、啓太の頭の中で鳴っていたカウントダウンが一気に早まった。

「うあっ！　で、出ます！　くううっ！」

と口にするなり、啓太は彼女の美貌に向けてスペルマを放っていた。

「ひゃうんっ！　いっぱい出たぁぁ！」

志帆子が目を閉じつつ、そんな悦びに満ちた声を女湯に響かせながら、白濁のシャワーを顔に浴びる。

（お、俺、志帆子さんの顔に、本当に精液をぶっかけて……）

その光景に、啓太は射精しながら目を奪われていた。

女性の顔に精をかけるという行為には、なんとも言えない背徳感がある。しかし、同時に彼女が自分のものだとマーキングしているような優越感と、征服感も得られる気がした。もちろん、それが錯覚に過ぎないとは分かっているのだが。

また、顔からこぼれ落ちた白濁液が、大きなバストにボタボタとこぼれ落ちるさまも、実に妖艶に見えてならない。

そうして見とれている間に、長い射精が終わり、志帆子が目を開けつつペニスを胸から解放した。そして、放心した様子でその場にペタン座りをする。

「ふあぁ……やっぱり、啓太くんのザーメンって、すごく濃くて量も多いわぁ」

爆乳女将が、精液まみれの顔に恍惚とした表情を浮かべて、そんな褒め言葉を口にする。

しかし、大きすぎる快楽の余韻に浸っていた啓太には、彼女の言葉に反応する余裕などまったくなかった。

（はあぁ……気持ちよすぎて……）

そんなことを考えていると、不意に膝から力が抜けた。なんとかバランスを保とうとしたが、快感で虚脱したせいか足に上手く力が入らない。そのため、啓太は「わっ。あ、あれ？」と困惑の声をあげつつ、床に尻餅をついてしまった。

想像以上の快楽と射精感のあとに、これほど脱力するとは、まったくもって予想外と言うしかない。

すると、志帆子がこちらを改めて見た。

「啓太くん、そんなによかったのかしら？」

「は、はい。その、最高すぎて……」

爆乳女将の問いかけに、啓太はどうにかそう応じていた。

事実、パイズリフェラによる射精は、単独フェラはもちろんセックスともひと味違うように感じられた。無論、されることやそれによって生じる快感を想像はしていたが、実際にもたらされたのは、妄想で考えていたよりも遙かに鮮烈な心地よさだった、と言っていいだろう。

だからだろうか、身体から力が抜けた割に、分身は天を向いてそそり立ったままだ。

「ふふっ、そうなんだぁ。嬉しい。ああ、でもオチ×ポは元気なままぁ。わたしも、ザーメンの匂いでもう我慢できなくなっちゃったわぁ」

そう言うなり、志帆子がのしかかるように迫ってきた。

「えっ？　し、志帆子さん!?」

虚脱状態だったこともあり、啓太は困惑の声をあげつつも抵抗はできず、そのまま仰向《あおむ》けに押し倒されてしまう。床に頭を打ち付けなかったのは、未亡人女将の力加減が絶妙だったからだろう。

彼女は身体を起こすと、こちらにまたがる体勢になった。

「啓太くん？　今回は、わたしが上になってしてあげるわぁ」

そう言うと、志帆子はためらう素振りもなく勃起を握った。そして、ペニスの先端と自分の秘部の位置を合わせる。

「それじゃあ、挿《い》れるわねぇ。んんんっ……！」

と、彼女が腰を沈めだす。

「くうっ！　これっ……」

たちまち、肉棒が生温かくヌメッた膣肉に包まれていき、そうしてもたらされた心地よさを前に、啓太は思わず呻くように声を漏らしていた。

(女の人が自分で挿れるのを、こうやって見るの、なんだかすごくエロいな)

そんな思いが、快感に酔いしれた脳裏をよぎる。

それに何より、爆乳女将と再び一つになれることが、今は嬉しく思えてならない。

間もなく腰が下りきって、啓太と彼女の間は一分の隙もないほどピッタリとくっついた。

「んあああっ！」

途端に、志帆子がのけ反って甲高い声を大浴場に響かせた。そうして、小刻みに身体を震わせてから、前のめりになって啓太の腹に手をつく。

「はああ……はぁ、はぁ……挿れただけで、イッちゃったぁ……騎乗位でこんなこと、わたしも初めてよぉ」

未亡人女将が、うっとりした表情を浮かべながら、そんなことを口にする。

（これも、温泉の効果で発情して、志帆子さんの身体が敏感になっているからなのかな？　それとも、俺たちの肉体の相性がいいからか？）

という疑問が、啓太の心に湧きあがる。

もっとも、どちらであろうと彼女が気持ちよくなってくれているのは、紛《まぎ》れもない事実なのだが。

（まぁ、今はそれで満足なんだけど）

何しろ、こうして志帆子と二度目の関係を持っていること自体、非モテ人生を歩んできた自分にとっては奇跡のような出来事なのだ。温泉の効果だろうがなんだろうが、この幸運には感謝するしかない。

「はああ……それじゃあ、動くわねぇ？　んっ、んっ……」

こちらの思いを知ってか知らずか、呼吸をやや整えた彼女が、腹に手をついたまま小さな上下動を始めた。

「んっ、あっ、ああんっ、いいっ！　ああっ、オチ×ポッ、ひゃうっ、子宮っ、ああっ、ノックするぅぅ！　あんっ、ああっ……！」

たちまち、爆乳女将が甲高くも艶めかしい喘ぎ声を女湯に響かせだす。

同時に、結合部から一物を伝って、快電流が啓太の脊髄を貫く。

「くうっ！　き、気持ちいいです！」

「んあっ、本当？　嬉しいわぁ」

啓太の感想に、妖しい笑みを浮かべて応じた彼女が、腹から手を離して身体を起こした。そうして、腰の動きをより大きくする。

「あっ、あんっ、わたしもぉ！　はうっ、ああっ、啓太くんっ、きゃふっ、すごくいいのぉ！　ひゃうっ、あんっ、あんっ……！」

（うわぁ。志帆子さん、エロすぎ……）

啓太は、上で乱れた姿を見せている爆乳美女に、すっかり見とれていた。

彼女の淫靡な表情や喘ぎ声、それに結合部からのグチュグチュ音はもちろんだが、大きなバストが抽送に合わせてタプンタプンと音を立てて揺れているのが、とてつもないエロティシズムを醸し出している気がしてならない。

「あんっ、よすぎっ、ああっ、オチ×ポッ、はうっ、奥に来てぇ！　はあっ、わたしい！　ああっ、すぐっ、あうっ、イッちゃいそうよぉ！　あんっ、はううっ……！」

と、切羽詰まった声をあげながら、志帆子の腰使いがいっそう荒々しくなった。

すると当然、爆乳の動きもより大きくなる。

それを見ていると我慢できなくなってしまい、啓太は本能的に両手を伸ばし、彼女の乳房を鷲摑みにしていた。そして、力任せにグニグニと揉みしだきだす。

「ひゃうううんっ！　あっ、ああっ、それぇぇ！　はううっ、今っ、ああんっ、オッパイッ、ふああっ、揉まれたらぁぁ！　はううっ、おかしくっ、あああっ、なっちゃうわぁぁ！　んああっ、きゃうううっ……！」

愛撫に合わせて、志帆子がそんなことを口走る。

だが、嫌がっている様子はない。それどころか、膣肉の蠢きが激しくなって一物への心地よさが増したことから考えて、相当な悦びを得ているのは間違いあるまい。

「くうっ。気持ちよすぎて……すみません、もう出そうです！」

あまりの心地よさに、あっさり二度目の射精感が込み上げてきてしまい、啓太はそう口にしていた。

我ながら早すぎる気はしたが、つい先日、童貞を卒業したばかりのビギナーに、この快感をいなす術《すべ》などあるはずがない。

「ああんっ、わたしもぉ！　んはあっ、イクのぉ！　ああっ、中よっ、んあっ、また中にぃ！」

そう言うと、志帆子は爆乳を掴んだ啓太の手を強引に引き剥《は》がし、身体を倒してきた。そして、抱きつくような体勢になってキスをしてくる。

先ほどまで男性器を舐めていた口だが、こちらも興奮しているせいか、そのことはあまり気にならない。

「んっ、んっ、んむっ、んんっ……！」

激しく唇を貪りながら、彼女は腰の動きを小さく速くした。

（くううっ！　もう……出る！）

中出しを拒む余裕もなく、限界に達した啓太は爆乳女将の中に出来たてのスペルマを解き放った。

「んんっ!?　んむうううぅぅぅぅぅぅうぅ!!」

同時に、動きを止めた志帆子が身体を強張《こわば》らせて、くぐもった絶頂の声を女湯に響かせるのだった。

3

「啓太くん、今日いらっしゃるお客様のことは、ちゃんと分かっているわよね？」

昼食のあと、一休みしてから廊下の清掃をしようとした啓太に、志帆子がそう声をかけてきた。

確か、宿泊者の名前は「佐々木琴音《ささきことね》」で、職業は会社員と聞いている。

「あ、はい。女性の一人客で、最低一週間の連泊を希望されている、と」

「よくできました。それでね、一人でそれだけ泊まるということは、どこかを怪我したか痛めたかして、ウチの宿の……特に、露天風呂の評判を知った可能性が高いの」

と言いながら、志帆子が目の前にやって来る。

（くうっ。あ、相変わらず近い……）

啓太は、彼女の距離感に戸惑いを禁じ得ずにいた。

二度目のセックス以降、爆乳女将はこちらとの物理的な距離を近づけていた。とにかく、隣に立てば肩がくっつきそうな近さに、前に立てば少し手を伸ばすだけで抱きしめられそうな距離、という具合なのである。

ここまで接近されると、彼女の身体からほのかに女性の匂いが感じられるような気がして、啓太は胸の高鳴りを抑えられなかった。

同時に、また着物の奥のふくよかな肉体を思い切り堪能したい、という欲求が込み上げてきてしまう。

（いやいや、今は仕事中だぞ。それに、温泉で混浴しているわけじゃないのにムラムラするなんて……）

と、自分の中に湧きあがってきた昂りを、どうにか抑え込もうとする。

「露天風呂が目当ての場合、混浴の効果を話して啓太くんにお願いすることになると思うから、そのつもりでいてね？　もちろん、お客様が拒んだら何もしなくていいけど。って、ちゃんと聞いてる？」

こちらの葛藤を気にする素振りがない志帆子の言葉で、啓太もようやく我に返った。

「は、はい。お客様が望んだら、混浴するんですよね？」

そもそも、啓太が「夢乃屋」で働く条件の中に、「客に望まれたら混浴をする」というものがある。

特に、今回の宿泊する予定の女性は、職業が会社員、つまりＯＬにも拘《かか》わらず連泊を希望しているのだ。単なる休暇ではなく、仕事を休まざるを得なくなったのは想像に難くない。となれば、一刻も早い回復のため、混浴を望む可能性は充分にある。

ただ、幸か不幸かここまで啓太は、客との混浴をしていなかった。それだけに、初めてのことに今から胸が高鳴ってしまう。

「ええ。だけど……多分、大丈夫だとは思うけど、くれぐれも気をつけてね？　啓太くんと夢塩温泉の相性のよさは、怪我なんかの回復にはいいけど……」

そこで、爆乳女将が言い淀んだ。が、彼女が続けて何を言いたいのかは、容易に想像がつく。

「まあ、大丈夫じゃないんですか？　みんながみんな、必ずあんなことになるってわけじゃないでしょうし」

内心でドギマギしながら、啓太は肩をすくめた。

夢塩温泉には本来、我慢できなくなるほど強力な発情効果はない。あのようになるのは、温泉の効果を増幅する啓太の体質のせいなのは間違いなかろう。

ただ、「夢乃屋」に来た初日に志帆子と混浴したときは、特に大きな変化はなかったのだ。それに、爆乳女将の推測が正しければ、怪我が酷《ひど》い場合は効果が治癒のほうに回るはずなので、少なくとも初回で発情する可能性はかなり低いのではないか？

「だったら、いいけど……啓太くん？　わたしならともかく、お客様を相手にエッチなことをしたら駄目よ？」

顔を近づけ、からかうように言った志帆子だったが、表情こそ穏やかなのに目が笑っていないように見えるのは、果たして気のせいだろうか？

「し、しませんよ。それに、僕は……」

「もうっ、啓太さんっ！　いつまで、志帆子さんと話しているのさ？」

こちらの言葉の途中で、清掃道具を手にした由衣がやって来て、苛立ったように声をかけてきた。

「あら、いけない。つい、お話に夢中になっちゃったわ。それじゃあ、二人ともお掃除をよろしくね」

そう言った志帆子に対し、啓太は「はい」と応じて一礼してから由衣に駆け寄った。

「ん？　由衣ちゃん、なんか怒ってる？」

「別にぃ。ただ、啓太さんが志帆子さんとの話に夢中になって、仕事のことを忘れていたみたいだったからさ」

と、由衣がそっぽを向きながら応じる。

しかし、「別に」と言いつつ不機嫌になっているのは間違いなさそうだ。

「わ、忘れてないよ。今日からしばらく泊まるのが女性のお一人様だから、望まれたら混浴するように言われていただけで……」

「どうだか。なんか最近、二人でよく話しているし」

と、由衣が今度はジト目で睨みつけてくる。

（なんなんだ、いったい？　由衣ちゃん、どうしちゃったんだろう？）

そんな困惑の思いはあったものの、本人に理由を尋ねるのも気が引ける。

そのため、啓太は助け船を求めて、こちらを見ている志帆子に目を向けた。しかし、彼女は困ったような表情で肩をすくめただけである。どうやら、対処する気がないか、できないという意思表示らしい。

（ええーっ。俺、どうすればいいんだよ？）

とは思ったが、如何《いかん》せんまともな男女交際の経験がないため、対応の仕方がまるで浮かばない。

何しろ、元カノとの付き合いは、今にして思えばとても「交際」と呼べる代物《しろもの》ではなかった。とにかく、「あそこに行きたい」「あれが欲しい」と求められるばかりで、啓太はひたすら振り回されていた感がある。正直、まったく恋愛の経験値が稼げた気がしていない。

ただ、啓太が困り果てていることに気付いたのか、由衣のほうが先に「はぁ」と小さなため息をついた。

「ま、こんなことしていたらお客様が来ちゃうかもしれないし、早く廊下の掃除をしちゃおうよ。ほら、啓太さん」

と、彼女が掃除道具を押しつけてくる。

そのため、啓太は道具を受け取ると、急いで廊下の掃除を始めるのだった。

やがて、掃除が一通り終わり、用具を片付けて啓太がホッと一息ついたとき、「夢乃屋」の出入り口の引き戸がガラガラと開く音がした。続いて、「こんにちは」と女性の声が聞こえてくる。

チェックイン時刻にはまだ早いが、代行バスが駅に着く時間と、タクシーでKT駅から宿まで来る時間を鑑《かんが》みると、今日の宿泊客が来た可能性が高い。

声を聞いた志帆子は、「はーい」と応じてそそくさと玄関に向かった。

「あっ。予約している佐々木です」

「はい、いらっしゃいませ。遠いところをお越しいただき、ありがとうございます。わたくし、当館の女将の赤座志帆子と申します。よろしくお願いいたします」

「こちらこそ、お世話になります」

というやり取りを聞きながら、啓太と由衣も玄関に足を向ける。

そうして、琴音の姿を見たとき、啓太は思わず目を丸くしていた。

ちょうどダウンジャケットを脱いだ彼女は、ボブカットの茶髪で、少し吊り目気味ということもあり、一見するとややキツそうな美貌の持ち主である。ただ、身長が百六十センチの爆乳女将よりさらに数センチ低く小柄なものの、ブラウスを持ち上げるふくらみのサイズは、なかなかのものがある。さすがに、志帆子には及んでいないが、由衣より大きいのは間違いない。

これほどの美女が来訪するというのは、少々予想外である。

また、海外旅行に使うような大きなスーツケースの取っ手を左手で持っているのは、右手にサポーターを巻いているからだろう。それだけでも、彼女がどこを痛めているかは明らかだ。

「紹介します。こちらが、わたくしの義理の娘で仲居の由衣です。それと、アルバイトの初山啓太くん。この三人で、佐々木さまのお世話をさせていただきますね」

「赤座由衣と申します。よろしくお願いします」

「は、初山です。よろしくお願いします」

志帆子の紹介を受けて、由衣に続いて啓太も頭を下げて挨拶をする。

「佐々木琴音よ。えっと、二人ともあたしより年下……よね？」

「わたしは、十九歳です」

「僕は、二十五歳です」

「なるほど。あたしが二十八だから、いい感じにお姉さんってところかしら？　あっ、堅苦しいのは好きじゃないから、『琴音』って名前で呼んでもらえると嬉しいわね」

そう言って、琴音がウインクをする。

ややキツそうな顔立ちの美女だが、意外とフランクな性格をしていることが、こうした言動からも伝わってくる気がする。

「それでは、佐々木さま？　名簿にお名前とご住所を書いていただけますか？」

と志帆子が声をかけると、琴音が申し訳なさそうな表情を浮かべた。

「実は、そのことで……あたし、ご覧のとおり右手が酷い腱鞘炎になって、お箸《はし》を持つこともできないんです。なので、字を書くのも難しくて」

「なるほど。それで、ウチの温泉に？」

「ええ。ここの温泉が、腱鞘炎なんかにもよく効くって、友人から聞いて」

「そうでしたか。でしたら、こちらで住所と電話番号を代筆しますので、お名前だけ頑張ってお願いします。それと、温泉について少々お話があるので、いったん食堂のほうに来てください」

そう言いながら、志帆子がチラリと啓太のほうを見る。

琴音が、かなり重度の腱鞘炎なのは今の話でも明らかなので、彼女がＯＫすれば混浴しろ、という合図なのだろう。しかし、少し複雑そうな表情を浮かべたのは、やはり発情効果を気にしてのことか？

だが、爆乳女将はすぐにいつものにこやかな顔に戻った。

「それじゃあ、啓太くん？　佐々木さまのお荷物を、先に二〇一号室に運んでおいてもらえるかしら？　由衣ちゃんは、お茶の用意をお願い」

志帆子の指示を受け、啓太と由衣は「はい」と声を揃えて応じ、それぞれに行動を開始するのだった。

4

夕方、パンツ型の湯浴み着を穿《は》いた啓太が露天風呂に行くと、既に湯浴み着姿の琴音が湯船に浸かっていた。

「あっ、やっと来た。啓太、こっち、こっち」

音で気付いたらしく、小柄な美人ＯＬがこちらを向いて手招きする。

彼女は、早くも啓太を呼び捨てにしており、自分のことも「琴音さん」と名で呼ばせていた。最低一週間、あるいはそれ以上宿泊するつもりのため、あまり「お客様」扱いされ続けるのをよしとしていないらしい。

「えっと……それじゃあ失礼します、琴音さん」

恥ずかしがる様子もない美女の態度に、いささか困惑を覚えながらも、啓太は浴槽の縁近くでかけ湯をした。そうして、琴音から少し距離を取って湯船に入る。

「それにしても、啓太と混浴すると本当に腱鞘炎なんかの治りが早くなるの？　そりゃあ、女将さんが嘘を言うとは思ってないけど」

「あの……け、怪我の治りが早くなるのは、僕自身も経験済みで本当です。その、バイクで転んでできた痣や打撲の痛みが、一晩でほとんどなくなりましたから」

「へえ、そうなんだ。それじゃあ、思い切り期待しちゃうわよ」

屈託なく話しかけてくる巨乳の美人ＯＬに対し、啓太は緊張しつつ、なるべく彼女のほうを見ないようにしながら応じていた。

琴音は、志帆子から啓太との混浴で治癒効果が著しく向上する、という話を聞いて、あっさり「混浴する」と答えた。

恥ずかしくないのかとも思ったが、巨乳ＯＬ曰《いわ》く「別れた彼氏と旅行したとき、裸で混浴したことがあるし、湯浴み着があるなら別に平気」とのことである。

それに、今は羞恥心よりも一刻も早く腱鞘炎を治すほうが、ずっと大事なようだ。

中堅会社の事務で働いている琴音だったが、なんでも八ヶ月前に同僚が辞めたあとの人員補充がなく、二人分の仕事を担当させられるようになったそうである。

ところが、無理をしてハードワークを続けていたところ、二ヶ月ほど前から右手に腱鞘炎の症状が出始めた。それでも、我慢して仕事を続けていた結果、二週間ほど前にとうとう箸を持てないくらい痛むようになってドクターストップがかかり、やむなく休職したらしい。

しかし、仕事自体が嫌になったわけではなく、なるべく早く復職したいという気持ちはあった。

とはいえ、腱鞘炎の治療法は患部を安静に保つ保存療法が中心である。それをしていた場合、復職までどれだけ時間がかかるか分からない。

そんなとき、友人から「夢乃屋」の温泉が腱鞘炎にもよく効くと教えられ、藁にもすがる思いで予約した、とのことだった。

「それにしても、混浴で効果が上がるなんて、いったいどういうことなの？」

「僕も、それは疑問に思ったんですけど、誰にも分からないらしいです。人の身体から、ダシでも出ているのかもしれませんね？」

「ダシかぁ。あはは。啓太、上手いことを言うじゃない？」

「そ、そうですか？　だけど、それ以外に言いようがないですし」

そんな会話をしながら、啓太は内心の焦りをどうにか抑え込んでいた。

（頼むから、発情しないでくれよ。まだ夕方で、志帆子さんはともかく由衣ちゃんもいるんだから）

もしも、この場でお互い発情してしまったら、とても我慢できる自信はない。

志帆子とは違うタイプとはいえ、琴音も充分に美人なのだ。それに、露天風呂の熱でほのかに頬が上気した顔や湯浴み着姿も、非常に色っぽい。

なんと言っても、肩から腕にかけて見えている白い肌と、お湯の中で膝上まで見えている生足が、絶妙に男心をくすぐる。しかも、スタイルがいいことは私服姿で分かっているだけに、ついその裸体を想像してしまう。

また、温泉がよほど気持ちいいのか、彼女は先ほど初めて啓太と顔を合わせたばかりだというのに、ずいぶんとリラックスした表情を見せていた。そんな無防備な様子も、かえって色気を醸し出しているように思えてならない。

この巨乳美女が発情して迫ってきたら、まだ生の女体を知って間もない男に拒めるはずがあるまい。

そうした不安を抱いていたのだが、幸いと言うべきか爆乳女将と混浴したときのような昂りはないまま、一定の時間になったところで露天風呂を出ることになった。

（やれやれ。なんとか、大丈夫だったか）

琴音が「それじゃあ、またあとでね」と女湯に戻っていくのを見送って、啓太は安堵の吐息をついてから、自身も湯船から出るのだった。

それから少し経った夕飯時、琴音は「まだ痛いけど、スプーンを持てる程度になった」と喜んでいた。さすがに、箸のように繊細なものを持つのは難しく、右手のサポーターも外せずにいたものの、先ほどの混浴だけで劇的に症状が改善したらしい。

もちろん、志帆子が利き手を満足に使えない美人ＯＬに配慮し、料理を工夫したおかげもあるだろう。ただ、琴音はこのところ慣れない左手でスプーンやフォークを使ってどうにか食事をしていたそうなので、かろうじて利き手を使えるようになっただけでも、大きな進展なのは間違いない。

その効果の大きさ故に、彼女は「また啓太と混浴したい」と言いだしたものの、志帆子がそれを止めた。

実は、啓太も初日に言われていたのだが、露天風呂での混浴は一日一回にとどめたほうがよく、欲張って何度も入ったところで効果はまるで上がらないらしい。

今回は、美人ＯＬの右手の腱鞘炎が深刻だったので夕飯前に混浴したが、大抵の場合は夕飯の一時間程度あとが推奨されている。それは、露天風呂が交感神経を刺激する湯温なのと、混浴が一日一回なのを考慮してのことなのだ。

そうした説明を聞かされた琴音は、いささか残念そうにしていたが、まだ初日ということもあって素直に引き下がった。

何しろ、ペンを握るのもままならなかった腱鞘炎が、混浴からわずかな時間でスプーンを持てるくらいに回復したのである。啓太の経験上、一晩経てばもっと症状がよくなるだろう。初日でこれだけ改善すれば、残りの日数でどこまで治るのか、と期待せずにはいられまい。

（発情もしなかったし……怪我が重いと、やっぱり効果がそっちに偏るのかな？）

そんなことを考えつつ、啓太は自分の仕事に戻るのだった。

5

二十一時過ぎ、仕事を終えていつものように男湯の湯船に浸かって一息ついたとき、啓太は身体の奥にわずかな疼きがあることに気付いた。

（あっ、これ……ほんの少しだけど、発情しちゃっているみたいだな）

仕事中は感じない程度の弱さだったものの、どうやら発情効果は琴音との混浴でも生じていたらしい。

童貞の頃なら、もしかしたら分からなかったかもしれない。しかし、既に志帆子で発情を経験しているため、肉体の微かな変化が感じ取れたのだ。

とはいえ、すぐに一発抜きたいというほどではないため、啓太はひとまず身体を洗って風呂を出た。そうして、パジャマにしている紺色のトレーナーの上下を着て、そのまま部屋に戻ることにする。

今日の宿泊客は琴音一人で、彼女が最も階段寄りの二〇一、啓太は一番奥の二〇五を利用しているので、自室に戻るときは前を通ることになる。

（もしも、琴音さんも発情していたら、お誘いがあったりするかな？）

何しろ、美人ＯＬには混浴するような仲だった彼氏がいたらしいのだ。そうであれば、もちろん肉体関係も持っていただろうから、身体の疼きを自覚したら果たして我慢できるのだろうか？

ちなみに、志帆子と由衣は既に住居部に戻っている。住居部と宿は、建物としてはほぼ一体と言っていい構造だが、さすがに双方の声や物音は、よほど大きくない限り簡単には伝わらないようになっているらしい。したがって、部屋で秘め事をしても、注意していればバレる心配はないはずだ。

そんな期待に似た思いを抱いていたものの、琴音は出てくる気配を見せなかった。

(琴音さん、もう寝ちゃったのかな？　まぁ、電車と代行バスとタクシーを乗り継いで、ここに来るだけでも大変だっただろうし、仕方がないか)

安堵と若干の無念さを感じながら、啓太は自室に戻った。

だが、いったんセックスへの期待を抱いたせいか、身体の奥の疼きは先ほどよりも大きくなっている。

いずれ治まるかとも思ったものの、電気を消して布団に潜り込んでも、ムラムラする気持ちは高まる一方だった。まだ勃起してはいないものの、少し刺激すればたちまちいきり立つのは間違いあるまい。

(うーん、ヤバイな。これは、寝る前に一発抜いておくべきか……？)

ただ、これまで一人でも客がいるときは、自慰を避けていたのだ。それだけに、ここでポリシーを曲げるべきか否か、なかなかに悩ましいところである。

とはいえ、これだけ身体が疼くと夢精してしまいかねない。その場合、いささか情けないことになるだろう。

（ええい。どうせ琴音さんは連泊だから、どのみちチェックアウトするまでオナニーを我慢するのは難しいよな。それに、二〇一まで聞こえるわけじゃないんだから、ここは一発抜いて寝たほうが……）

そう考えて、啓太が布団から起き上がったとき、引き戸が控えめにノックされた。

『啓太、まだ起きているわよね？』

聞こえてきたのは、美人ＯＬの声である。

今まさに、自慰をしようとしていただけに、心臓が大きく高鳴ってしまう。

「こ、琴音さん!?」

『よかった。入ってもいいかしら？』

「入って……ど、どうぞ」

布団から飛び起きた啓太が、明かりを点《つ》けてついつい布団に正座をしつつそう応じると、静かに引き戸を開けられ、旅館の浴衣姿の琴音が姿を見せた。

ただ、食事のときはある程度バストが目立たないようにしていたはずだが、今は帯の上のふくらみがドンと前に出ていた。しかも、そのたわわな果実を隠す布地の頂点には、ほのかに突起が見えている。おそらく、あとは寝るだけということでノーブラで浴衣を着用しているのだろう。

それにしても、頬がうっすら紅潮して、目が潤んでいるように見えるのは、果たして気のせいだろうか？

そんな色気を振りまく美人ＯＬの来室に、啓太の心臓の鼓動が自然に速くなる。

「ああ。啓太、やっぱり寝るところだったんだ？」

「えっと、はい。それで、こんな時間にいったいどうしたんですか？」

琴音の問いかけに、啓太は内心の動揺を抑えながら問い返す。

すると、彼女は部屋に入って引き戸を閉めると、後ろ手で鍵をかけた。

それから美人ＯＬは、我慢の限界を迎えたのか、飛びかかるように抱きついてきた。

その勢いに圧《お》されて、啓太は布団に倒れ込んでしまう。

「うわっ。こ、琴音さ……んんっ!?」

啓太が驚きと疑問の声をあげかけたところで、彼女の唇が口を塞《ふさ》いだ。

そして、チュバチュバと音を立てて貪るようなキスをしてくる。

（こ、琴音さんが……やっぱり、発情している!?）

そうは思ったものの、突き放すこともできない。何しろ志帆子と違う女性の匂いや温もりが、なんとも言えない興奮を呼び起こすのだ。

間もなく、琴音が唇を離した。そうして、上気した顔で見つめてくる。

「こ、琴音さん？」

「あたし、ご飯を食べたあとから……ううん、混浴した直後からなんか変だったの。身体の奥が疼いて、オチ×ポが欲しくなって……最初は我慢できたんだけど、だんだんムラムラする気持ちが大きくなってきちゃってぇ」

と、小柄な美人ＯＬが艶めかしい声で告白する。

どうやら、彼女も啓太と同様に時間が経ってから発情しだしたらしい。

志帆子との二回目が、混浴してお互いすぐに発情したのに対し、今回は効果も弱めで時間が経ってから徐々に出てきた。この差は、どうして生まれたのだろう？

そんな疑問はあったが、今はそれより目の前の美女をどうするか、ということが重要である。

（そりゃあ、俺も期待はしていたよ。だけど、本当に琴音さんとエッチしちゃっていいのか？　発情してすぐにするなんて、なんだか理性のない動物みたいで……）

興奮しつつも、啓太がそうした戸惑いを抱いていると、不意にトレーナーのズボン越しに股間をまさぐられる感触がもたらされた。そのもどかしさを伴った心地よさに、思わず「はうっ」と声をあげつつ下に目を向けてみる。

するとと案の定、琴音の手がズボンの上から肉棒をまさぐっているところである。

「うふっ、とっても硬くなって……あたしとのキスだけで、こんなになっちゃったんでしょう？　啓太って童貞っぽいし、このままじゃオナニーしても収まらないんじゃなぁい？」

美人ＯＬが、からかうようにそんな指摘をしてくる。

実際は、もう童貞ではないのだが、まだ二回しか経験していないビギナーなので、勘違いされるのは仕方があるまい。

それにしても、「オナニーでは収まらないのでは？」という彼女の言葉は、正鵠《せいこく》を射ていると言わざるを得なかった。

また、志帆子からは、「お客様に手を出さないように」と釘を刺されていたが、向こうから逆夜這いをかけてきたのだ。これを拒むのは、なかなかに難しい。

そんなことを思っていると、琴音がまた唇を重ねてきた。さらに、彼女はキスをしながらペニスに触れた手を動かして、パンツの奥のモノを刺激しだす。

（キスも、チ×ポをまさぐる手も気持ちよくて……それに、オッパイが胸に当たって、浴衣越しだけど感触がはっきり分かって……）

そうしてもたらされる複数の心地よさを前に、啓太の理性はたちまち溶かされてしまうのだった。

6

「レロ、レロ、ピチャ……」

「んっ、んむ、んじゅ……」

電気を消して月明かりが差し込む室内に、琴音のくぐもった声と、啓太の舌から発生する音が混じり合って響く。

今、琴音は帯をほどいて浴衣の前をはだけた姿で、布団に寝そべった啓太の上にまたがり、いきり立った一物をスッポリと咥え込んで、熱心にストロークをしていた。

そしてこちらも、またがっている美人ＯＬの秘裂に、ひたすら舌を這わせている。

（まさか、いきなりシックスナインを求められるなんて……）

女性器の匂いに包まれて愛液を味わいつつ、朦朧とした啓太の頭にそんな思いがよぎる。

啓太も発情していることを知ると、琴音は「それなら、同時に解消しちゃいましょうよ」と、あっけらかんとシックスナインを提案してきたのである。

もちろん、未体験の行為に抵抗がなかったと言ったら嘘になる。だが、「大きな声も抑えられるでしょう？」と言われると、強く拒めなかった。

とはいえ、アダルト動画で見た記憶はあるが、女性器に口をつけるなど志帆子にもしたことがないだけに、さすがに躊躇《ちゅうちょ》の気持ちはあった。それでも、美人ＯＬの口車に見事に乗せられて、すっかり押し切られてしまったのである。

彼女の性行為への積極性は、もしかしたら志帆子以上かもしれない。

とにかく、女性のほうから強引に迫られると、セックス経験がまだ足りていないビギナーとしては、従う以外の選択は取りようがなかった。

一方で、こうして秘裂に舌を這わせて蜜を舐め取る行為に、なんとも言えない興奮を覚えているのは、紛れもない事実である。また、愛液の味がいつもと異なる昂りを生じさせている気もしてならない。

しかも、同時に相手に肉茎を咥えられているため、こちらにも快感がもたらされているのだ。

その心地よさのせいで、こちらの舌の動きが不安定になると、イレギュラーな快感で彼女の動きも乱れる。すると、ますます性電気が強まって……という具合で、まるでお互いに高め合っているかのような感覚である。

啓太が、分身からの快楽に酔いしれつつ行為に熱中していると、琴音が「ふはっ」と声を漏らしてペニスをいったん口から出した。

そうして彼女は、亀頭をネットリとした舌使いで舐め回しだす。

「レロロ……ンロ、ンロ……」

（ううっ。チ×ポの先が、気持ちよすぎて……）

先端からの鮮烈な快感を前に、意識がついそちらに向いてしまい、啓太の舌の動きが大きく乱れる。

「チロロ……ふあんっ、いいわぁ！　啓太ぁ、もっと奥を舐めてぇ」

と、小柄な美人ＯＬが舌を離して訴えてくる。

啓太は、もはや考えるよりも先に彼女の言葉に従って、秘裂に親指をかけると思い切って割り開いた。

そうしてシェルピンクの肉襞《にくひだ》を露わにすると、そこから蜜がトロリとこぼれ出てくる。また、奥には存在感を増した肉豆も見えている。

その光景がなんとも淫靡で、新たな興奮を呼び起こす。

「あんっ。啓太のチン×ン、ビクってしたぁ。ふふっ、先っぽからカウパーも出ているし、もうすぐイキそうなんでしょう？」

愉しむように、琴音がそんなことを口にする。

それに対して啓太は、「はい」と素直に応じていた。実際、初のシックスナインによる興奮は想像以上で、もう少し行為を続けたらあっさり達してしまう自覚はある。

もちろん、いささか早くて情けない、という気持ちもあった。だが、こういう場合は見栄《みえ》を張らずに正直になったほうが、おそらく結果はいいだろう。

「あたしもそろそろだから、思い切って奥を舐めてちょうだい。頑張ってね、啓太」

そう言うと、琴音が再び「はむっ」とペニスを口に含んだ。そうして、素早いストロークをし始める。

「んっ、んっ、んむっ、んむっ……」

(くうっ。またチ×ポから、快感が……)

もたらされた性電気の強さに、啓太は心の中で呻き声をあげていた。

とはいえ、シックスナインである以上、この快楽に浸っているわけにはいかない。

啓太は彼女の指示どおり、奥の肉豆に舌を這わせだした。

「レロロ……ピチャ、ピチャ……」

「んんんっ！　んむっ、んんっ、んじゅぷっ！　んっ、んんっ、んむむっ……！」

たちまち、琴音の動きが大きく乱れだす。

案の定、クリトリスを責められて相当の快感を得ているらしい。その証拠に、愛液も舐めるのが追いつかないほど溢れ出してきている。

それでも、さすがは元彼氏持ちと言うべきか、彼女は気を取り直してストロークをどうにか安定させた。

（はううっ！　俺、そろそろ……）

啓太は、射精感が限界まで込み上げてきたのを感じつつ、肉豆を舌先でさらに強く舐め回した。

「レロロ、ピチャ、チロ……」

「んむぅっ！　んっ、んっ、んんっ……！」

美人ＯＬも、負けじとばかりに顔の動きをより早く、小刻みなものに切り替える。

すると当然、ペニスからの性電気も強まった。

（くうっ……もう、出る！）

たちまち限界に達した啓太は、彼女の口内にスペルマを発射していた。それと同時に、クリトリスを舌先で強く押し込む。

「んむううううぅぅぅぅぅ!!」

琴音が一物を咥えたまま動きを止め、くぐもった絶頂の声をあげる。

さらに、膣の奥から溢れてきた液がプシャッと啓太の口元にかかった。

(うわっ。これって、もしかして潮吹きか？)

そういう現象があるとは、知識としては知っていた。が、実際に目にしたことはないので、果たして今のがそうなのか、正確には分からない。ただ、彼女の反応を見た限り、相当の快感を得て達したのは間違いないので、おそらく潮吹きだったのだろう。

そんなことを、射精の心地よさに酔いしれながら漫然と考えていると、やがてスペルマの放出が終わりを告げた。

すると、琴音がゆっくりと肉棒を口から出した。そうして、啓太の上からどくと、畳にペタン座りをして、精液を喉《のど》の奥に流し込みだす。

「んんっ。んぐ、んぐ……むむっ。んぐぐ……」

月明かりの中、浴衣の前を露わにしたまま口内のスペルマを飲む美女の姿が、裸とはまた異なった色気を漂わせている気がして、啓太はついついその光景に目を奪われていた。

やがて、口の中のモノを処理し終えると、琴音が「ぷはあっ」と大きく息をついた。

「はぁ、はぁ……濃いのが、すごくいっぱぁい……こんなの、初めてよぉ。啓太ってば、オチ×ポの大きさだけじゃなくて、ザーメンの量も濃さも元彼たちと比べものにならないわぁ」

美人ＯＬが、恍惚とした表情でそんなことを口にする。

啓太の肉棒は、彼女が今まで交際してきた男の誰よりも勝っていたらしい。とはいえ、いささかリアクションに困る言葉なので、こちらとしては沈黙するしかないが。

「ああ、早く欲しくてたまらない。ねえ、その大きくて逞《たくま》しいオチ×ポ、あたしに挿れてぇ」

と、琴音が啓太の様子を気にする素振りも見せずに、そう求めてきた。

どうやら、潮吹きするほどの快感を得たことで、セックスへの欲望をこれ以上は我慢できなくなってしまったらしい。

もっとも、それはこちらも同じだった。何しろ、浴衣の前をはだけて裸を見せている妖艶な巨乳美女が目の前にいるのだ。おかげで、一発抜いたばかりだというのに陰茎は硬度をまったく失わず、挿入への欲求も高まる一方である。

「えっと、それじゃあ、布団で……」

啓太はそう言って、身体を起こして布団の上からいったんどいた。

さすがに、畳に愛液や精液のシミを作るリスクは避けたほうがいいだろう。

そのことに、琴音も気がついたらしく、

「ああ、そうね。じゃあ」

と、浴衣を羽織ったまま布団の上に移動してくる。

それから彼女は、敷き布団に肘をついて四つん這いになった。どうやら、後背位が望みらしい。完全な四つん這いにならなかったのは、まだ右手が痛むからなのは間違いないだろう。

巨乳OLの希望を察して、啓太は彼女の背後に移動した。そして、ヒップを隠す浴衣をめくりあげる。

するると、白くふくよかな双丘と、その下の濡れそぼった秘裂が露わになった。また、割れ目から溢れ出た蜜は太股に筋を作って垂《た》れている。

そんな光景を目にしただけで、興奮がいちだんと増す。

啓太は唾液《だえき》とスペルマにまみれた一物を握ると、先端をヴァギナにあてがった。

それだけで、琴音が「あんっ」と甘い声をこぼし、枕に突っ伏して顔を埋める。

なるほど、そうすることで声を殺すつもりらしい。

そこで啓太は、思い切って分身を挿入した。

「んんんんんっ！」

枕で覆われた美人OLの口から、くぐもった声がこぼれ出る。しかし、この程度ならば隣室にすら声が漏れることはあるまい。

啓太は、腰がヒップに当たって先に進めなくなるまで、一気にペニスを挿入した。

「んむうううううぅぅ!!」

途端に、琴音が全身を強張らせて、枕をギュッと抱きしめながら短い悲鳴のような声をこぼす。

だが、すぐに彼女の身体から力が抜けていった。そして、枕から顔を上げてこちらを見る。

「啓太のチン×ン、すごぉい。予想はしていたけど、こんなに奥までぇ……おかげで、軽くイッちゃったわぁ。元彼以外にも、男は何人か知っているけど、挿れられただけでイッたなんて初めてよぉ」

陶酔した表情で、小柄な美人ＯＬがそんなことを口にする。

(志帆子さんもそうだったけど、僕のチ×ポと温泉の発情効果が合わさって、女の人を感じやすくさせているのかもしれないな)

という思いが、彼女の言葉を聞いてついつい脳裏をよぎる。

「それにしても、最初は童貞と思っていたけど、やっぱり啓太、初めてじゃなかったんだ？」

「は、はい……」

いきなり琴音に問われて、我に返った啓太は反射的に素直に答えていた。

（なんで気付かれたんだろう？　もしかして、考え込んだり戸惑ったりせずに挿れたからかな？）

という疑問が湧いたものの、確認する度胸はまだない。

「ひょっとして、女将さんや由衣ちゃんともしたの？」

「いやいや、由衣ちゃんとはまだ……」

「ってことは、女将さんとはしたんだ？」

（あ、ヤベ。誘導尋問だったか）

そうは気付いたものの、さすがにそれ以上は口にできなかった。たとえ事実ではあっても、正直に答えられることと、答えられないことがあるのは当然だろう。

すると、こちらの心理を察したのか、琴音が笑みを浮かべた。

「ふふっ。まぁ、啓太が誰とエッチしていようと、今あたしを気持ちよくしてくれるならどうでもいいわね。経験があるなら、いちいち指示を出す必要もなさそうだし、啓太の好きに動いていいわよ」

「わ、分かりました」

彼女の割り切りように戸惑いつつも、啓太はそう応じて腰を摑んだ。そして、まずは確認するように緩《ゆる》めの抽送を開始する。

「んあぁっ！　んんっ！　んっ、んっ、んむうっ……！」

奥を突いたのと同時に、琴音は甲高い声を漏らしたものの、すぐに枕に顔を埋めて声を殺す。

（くうっ。琴音さんの中、志帆子さんと違って絡みついてくるみたいで……）

ピストン運動をしながら、啓太は驚きと戸惑いを隠せずにいた。

爆乳女将の膣内は、肉壁がペニスに吸いついてくるような感じが強かった。それに対し、琴音の膣道はウネウネと肉棒を絡め取るように蠢いている。同じ膣の中でも、人によってこれほど感触が違うとは、さすがに想像もしていなかったことである。

もっとも、どちらも絶品なので、優劣をつけられるものではないのだが。

ただ、啓太はその心地よさを前に、たちまち抽送に夢中になっていた。

「んっ、んんっ、んむうっ！　むうっ、んんっ！　んむっ、んっ、んんっ……！」

ピストン運動に合わせて、琴音がくぐもった喘ぎ声をこぼし続ける。

しかし、そんな彼女の姿を見ていると、啓太にはどうにも気になって仕方がないことがあった。

(琴音さんのオッパイ、どんな触り心地なんだろう？)

今は、突っ伏しているため布団で潰れているが、美人ＯＬも充分な巨乳の持ち主である。ところが、シックスナインから流れるように本番に突入したため、啓太はまだ彼女のバストを手では堪能していなかった。

もちろん、身体に当たったりはしていたのだが、手で触れるのがまた違うのは、志帆子でも実感している。それだけに、触ってみたいという欲求が抑えられない。

そのため、啓太は腰を動かしながら腰から手を離し、布団で潰れている二つのふくらみを鷲摑みにした。

すると、たちまち手の平いっぱいにふくよかなバストの感触が広がり、同時に琴音が枕から顔を上げて、「ふあんっ！」と甲高い声を室内に響かせる。

(うわぁ。志帆子さんほどじゃないけど、やっぱり琴音さんのオッパイも手からこぼれ出る。それに、志帆子さんよりも弾力があるかな？)

個人差なのか、バストサイズの差なのかは分からないが、膣内と同様で「乳房」であっても個性がある、ということをしみじみと感じずにはいられない。

啓太は、力を入れすぎないように気をつけながら、バストを揉みしだきつつ、さらにピストン運動を続けた。

「んんっ！　んむっ、ふあっ、んんんっ！　んむっ、うむうっ！　んああっ！　ああっ、んくうっ……！」

琴音は、枕に突っ伏して懸命に声を殺していたが、快感のせいか、あるいは口と鼻を塞いで息苦しくなるのか、しばしば息継ぎに顔を上げては甲高い声を漏らす。そんな姿が、ただ単に喘ぐよりもエロティシズムを感じられる気がしてならない。

その興奮のまま、啓太は本能的に乳房を揉む手に力を込め、抽送もより荒々しくしていた。

「んんっ！　んあっ、啓太っ！　あんっ、ちょっとストップ！」

美人ＯＬが、顔を上げてそう訴える。

そのため、啓太はひとまず動きを止めた。

「どうしました、琴音さん？」

「ゴメン。これ以上強くされたら、声を我慢できそうにないわ。こんなに気持ちいいセックスは初めてで、おかしくなっちゃいそうよ」

こちらの問いに、琴音がそう応じる。

啓太のペニスがいいのか、それとも発情効果によるものかは不明だが、どうやら相当な快感を得てくれていたらしい。

ただ、このように言われても、もっと動きたい欲求があるため、「弱めます」とはなかなか答えづらい。

「えっと、それじゃあ……」

「体位を変えましょう？　いったんチン×ンを抜いて、布団に座ってくれる？」

啓太の戸惑いを察したらしく、美人ＯＬがそう指示を出してくる。

経験不足の身としては彼女の言葉を拒めず、言われたとおりに腰を引いて一物を抜いた。すると、琴音の口から「んあっ」と少し残念そうな声がこぼれ出る。

啓太のほうも、分身を包んでいた生温かさと膣肉の感触が失われたことに、一抹《いちまつ》の寂しさを覚えずにはいられなかった。それでも、別に行為をやめるわけではないので、とにもかくにも布団に腰を下ろす。

それを見て、美人ＯＬもすぐに身体を起こし、こちらを向いてまたがってきた。それから、ためらう様子もなく一物を握ると、自分の秘裂と位置を合わせる。

「今度は、あたしがしてあ・げ・る」

そう言うと、琴音はすぐに腰を下ろしだした。

「んああっ。啓太のチン×ン、また来たぁ」

控えめな悦びの声をあげながら、彼女はさらに肉棒を呑み込んでいく。

そうして、とうとう腰を下ろしきると、グッタリと抱きついてくる。

「んはああ……やっぱり、啓太のチン×ンってすごぉい。子宮に届いているの、はっきり分かるんだものぉ」

啓太の耳元で、小柄な巨乳ＯＬが甘い声でそんなことを言う。

息を吹きかけるようにして、このように言われると、背筋がゾクゾクするようなむず痒さを感じずにはいられない。

それに、こうして正面から琴音の巨乳の感触、さらに肉体の温もりや肌触りを感じているだけで、興奮が自然に高まっていく。

「んあっ。啓太のチン×ン、中でビクッてぇ。あたしが動いてあげるから、先にイッたりしないでねぇ？」

そう言うと、彼女は身体を少し離した。そうして、こちらの肩に手を置くと自ら小さめの上下動を開始する。

「んっ、あっ、あんっ、いいっ！　あはあっ、子宮っ、あんっ、ズンズンッて、んああっ、押し上げられてぇ……あんっ、あうっ、はああっ……」

たちまち、美人ＯＬが悦びの声をこぼしだした。とはいえ、大声を出したのは最初だけで、そのあとはどうにか声を控えめにしたのだが。

やはり、自分で動いているぶん、快感をコントロールできているのだろう。

(ううっ。こっちも、チ×ポがよくて……)

志帆子と騎乗位は経験しているが、対面座位は初めてである。

これほど間近で女性が喘ぐ姿を見ると、それだけで興奮が煽られる。しかも、結合部から分身を伝って、心地よさがもたらされているのだ。

おまけに、巨乳ということもあって、彼女が動くたびに揺れるバストが胸にわずかに当たる。その絶妙な加減が、もどかしさを伴う性電気を生み出す。

控えめな動きでこれなのだから、もっと大きくされたらどれほど気持ちよくなれるのか、と思わずにはいられない。

「あっ、あんっ、いいっ！　こんなのっ、初めてぇ！　はうっ、声っ、ああっ、もう我慢できないっ！」

甲高い声でそう言うと、琴音が肩に置いていた手を啓太の首に巻き付けてきた。そして、顔を抱き寄せるようにして唇を重ねてくる。

こちらは、彼女の突然の行動に「んんっ!?」とくぐもった驚きの声をこぼすことしかできなかった。

もちろん、これ以上の大声を出さないための行為だ、ということは分かっているが、唐突にキスをされるとさすがに焦りを禁じ得ない。

美人ＯＬは、これで声を殺せると悟ったのか、腰の動きを激しくし始めた。

「んっ、んっ、んんっ！　んむっ、んじゅぶっ……んむっ、んんっ……！」

琴音のこもった喘ぎ声が、唇の間からこぼれ出る。

（ああ……き、気持ちいい！）

全身で美人ＯＬを感じて、啓太の思考回路はたちまちショートしてしまった。

何しろ、再びしっかり抱きつかれたため、バストの感触や彼女の体温が身体の前面で感じられるようになったのである。それに加えて、眼前に美貌が広がっていて、くぐもった喘ぎ声が常に聞こえている。さらに、女性の甘い匂いが鼻腔に漂い、唾液も味わっているのだ。

触覚、視覚、聴覚、嗅覚、味覚という五感のすべてで琴音を感じているのだから、まだセックスの経験が少ない人間が平常心を保てるはずがない。

また、先にお互いの性器を舐めたりしていたが、キスをしていても自分でも驚くくらい気にならなかった。おそらく、彼女もうそんなことは気にしていないのだろう。

美人ＯＬは、ひとしきり腰を上下に動かしてから、くねらせるなどの変化をつけだした。それによって、ペニスからもたらされる心地よさも変わって、新たな興奮が呼び起こされる。

（……くうっ！　そろそろ出そうだ！）

膣肉の蠢きによって生じる刺激を前に、啓太は早くも限界を察していた。

いささか早すぎる気もしたが、この快楽をいなせるほどの経験値はまだないため、射精感に身を委ねることしかできない。

「んんっ！　んっ、んっ、んっ……！」

琴音も、また動きを上下動に切り替え、さらに小刻みな抽送にしだした。

一瞬、こちらの状況に気付いて動きを変えたのかと思ったが、膣肉の蠢きが増しているし、くぐもった声もどこか切羽詰まっているように感じられる。おそらく、彼女もエクスタシーを迎えそうになって、本能的にしているのだろう。

（中出しはマズイ……抜かなきゃ）

正直、志帆子を相手に二度も中出しをしたことも、未だに気にしているのだ。この上、客の琴音にまでしたら、いったいどうなってしまうのだろうか？

そうは思ったものの、対面座位で首をしっかりホールドされた状態では、強引に振りほどくのは難しい。

（や、ヤバイ。どうにかしなきゃ……）

と啓太が焦りを覚えた途端、彼女がとどめとばかりに腰を深々と沈めた。

「んんんんっ！　んむうううううぅぅぅぅぅぅぅぅ‼」

唇を重ねたまま、美人ＯＬが絶頂の声をこぼして身体を強張らせる。

すると当然、腕にも力がこもって密着度が増す。

さらに、膣道が激しく蠢いてペニスに妖しく絡みついてくる。

（ああっ、出る！）

そこで限界に達した啓太は、罪悪感を抱きながらも、出来たてのスペルマを彼女の中に注ぎ込むのだった。

第三章　跡取り娘と女湯姫はじめ

1

「あら、啓太？　おはよう。夕べは、よく眠れた？」

啓太が、作務衣に着替えて一階に下りたとき、大浴場のほうからやって来た浴衣姿の琴音が声をかけてきた。

タオルの入った籠を持っていることから見ても、彼女が朝風呂から出てきたばかりなのは明らかである。ただ、その頬が上気して見えるのは、果たして入浴の直後だからなのだろうか？

それに、浴衣越しに大きな胸が目立つのは、ブラジャーをするなどして大きさを抑えていないからなのは間違いない。おそらく、部屋に戻ってから浴衣を整えるつもりだったのだろう。

　しかし、まさか美人ＯＬの口から、こうも堂々と「夕べ」という単語が出てくるとは思いもよらなかったため、啓太の心臓は大きく飛び跳ねていた。

「お、おはようございます。その、おかげさまで？」

　動揺していたため、ついついそんな疑問形で返事をしてしまうと、琴音がクスッと笑って近づいてきた。

　啓太と彼女は、身長差が十六センチあるため、こうして近づかれるとふくらんだ浴衣の胸元が気になって仕方ない。

「それはよかった。あたしも、久しぶりに思い切りイケたおかげで、グッスリ眠れたわ。できれば、啓太と一緒に寝たかったんだけどね」

「なっ……そ、それは……」

　小声でからかうように言われて、啓太はますますドギマギして言葉を続けられなくなってしまった。

　実のところ、夕べの行為のあと琴音は自室に戻ったが、油断したら啓太の部屋に泊まりかねなかったので、いささか危うかったのである。

　関係を持った美女が、同じ部屋のすぐ傍《そば》で寝ていたら、おそらく再び求めたくなっていただろう。だが、そうなったら今度はこちらの歯止めが利かなくなって、精根尽き果てるまで何度もセックスをしたくなっていたかもしれない。そうして、彼女の肉体に溺れてしまったら、もう後戻りできなくなりそうだ。

そんな危険性を感じて、啓太はどうにか美人ＯＬを自室に帰し、疲れもあってそのまま眠りについたのである。

琴音のほうも、どうやらセックスのおかげで快眠できたらしい。

（それにしても、琴音さんは混浴の発情効果のことを、あっさり受け入れたし、自分から迫ったせいか、あんまり気にしてないみたいだけど……）

行為のあと、己の身に起きた異変への疑問を口にした巨乳ＯＬに、啓太は「夢乃屋」の露天風呂でのみ起きる発情効果について説明した。もっとも、話せたのは志帆子から聞かされた内容程度だったが。

それでも琴音は、自分の身に起きたことなので、やけに納得した面持ちを見せた。

もちろん、そのあと「なんで黙っていたの？」と問われたので、本来の発情効果は極めて微弱なことや、志帆子と啓太が初めて混浴したときは大丈夫だったので、少なくとも初回は平気ではないかと判断していたことなどを、しどろもどろになりつつ弁明する羽目になったのだが。

実際、美人ＯＬとの混浴で生じた発情の程度は、爆乳女将との二度目以降のものと比べれば、かなり弱かった。セックスまで雪崩《なだ》れこんだのは、琴音が多忙によるすれ違いから恋人と別れて、二年以上も男ひでり状態が続いて欲求不満を抱いており、かつ同じ階に啓太が一人で寝泊まりしているのを、知っていたからではないだろうか？

「ねえ、啓太？　ところで、どうせなら今日も……」

と彼女が身体を寄せて、甘えるような口調で口を開いたとき。

「あっ、こんなところにいた！　啓太さんっ、何してるのさ⁉」

背後から、由衣の苛立ったような声がして、啓太は反射的に振り返った。

すると、茶衣着姿の旅館の跡取り娘が、こちらを睨んでいるのが目に入る。

「ゆ、由衣ちゃん……おはよう。その、琴音さんとバッタリ会ったから、ちょっと朝の挨拶をしていて……」

「由衣ちゃん、おはよう」

啓太が弁解を口にしている途中で、ヒョッコリと顔を出すようにして琴音が跡取り娘に声をかけた。

「あっ、琴音さん……お、おはようございます。腱鞘炎は、どうですか？」

小柄な美人ＯＬが目に入っていなかったのか、由衣が少し困惑した表情を浮かべて挨拶を返す。

「もう、ビックリよ。今朝になったら、サポーターをせずに右手の指を動かしても、ほとんど痛みがないんだもの。さすがに、まだ完全って感じじゃないけど、たった一晩でここまで劇的によくなるなんて思わなかったわ。それに、肌の調子もすごくいいし、本当に驚きの効果よねぇ」

「そ、それはよかったです。ただ、啓太さんと混浴が特別みたいで、普通はそこまでの効果は……」

「それは、ちゃんと聞いているわ。だから、啓太には今夜も混浴をお願いしようと思ってね」

由衣にそう応じると、琴音が急に腕を組んできた。すると、ノーブラなこともあって、浴衣越しに柔らかな乳房の感触が二の腕に広がる。

「ほえっ!? こ、琴音さん?」

「な、何やってんですか、琴音さん!?」

啓太と由衣の驚きの声が被って、廊下に響く。

「単に、腕を組んだだけよぉ。あらぁ？　由衣ちゃんは、あたしが啓太と腕を組むの、そんなに嫌だったのかしらぁ？」

からかうように、琴音がそんな指摘をする。

「なっ……べ、別に嫌ってわけじゃ……ただ、その……そうっ。宿にも公序良俗ってものがあるんです！　こ、恋人でもない人と、ましてや従業員と大胆に腕を組むとか、あんまりよくないと思います！」

年下美女が、妙に慌てた様子で言い訳じみたことを口にした。

「あらあら。由衣ちゃんは、ずいぶんとウブねぇ。でもまぁ、ちょっとおちょくりすぎたかしら？　ふふっ、ゴメンね」

そう言って、琴音が腕を放す。

すると、ふくらみの感触が急速になくなって、安心したような残念なような、複雑な気分にならざるを得ない。

「もうっ。啓太さんも、鼻の下を伸ばしちゃって！　琴音さんみたいな美人と混浴して、仲良くなれてよかったね！」

由衣が苛立ったように、そんな刺々《とげとげ》しい言葉を投げつけてくる。

「いや、その……混浴するのは、ここで働くときの条件だし……」

「ふんっ。そんなこと言って、本当は嬉しいんでしょ？　啓太さんのバカ！」

と言うと、年下美女がプイッとそっぽを向き、乱暴な足取りで二人から離れていった。

「あらら。怒らせちゃったかな？　でも、なんとも分かりやすい反応ねぇ」

琴音が、そんなことを口にする。

（分かりやすい？　いやいや、由衣ちゃんがなんであんなに怒っているのか、さっぱり分からないんだけど？　けど、琴音さんに理由を訊くのは、なんか気が引けるな）

そう思いながら、啓太は首を傾《かし》げることしかできなかった。

2

その日は、琴音以外にもう一組、老夫婦の宿泊があり、啓太たちはチェックインから夕飯までそれなりに慌ただしく過ごした。

本来なら、夕食のあと一息ついてから美人ＯＬと露天風呂、といきたかったが、発情の可能性を考えると他の客がいる時間帯に混浴するわけにはいくまい。

そのため、啓太は琴音と相談の上で、老夫婦がもう温泉を使わないと確信できるまで待つことにしたのだった。

ちなみに、美人ＯＬは今日の昼間、部屋の掃除のタイミングで近くの散策に出ていた。もっとも、宿の近所には史跡や神社が少しある程度で、いわゆる観光名所はないのだが。それでも、休職中の彼女にとっては、外を出歩くのがちょうどいい気分転換になったらしい。

何しろ、右手の腱鞘炎ということもあってノートパソコンを持っておらず、仕事などは一切できない。また、スマートフォンも左手で扱っている状態で、何をするにも時間がかかる。そもそも、せっかく知らない土地まで来たのに、部屋で動画などをただダラダラ見ているだけというのも、あまりに芸がないだろう。

それに、琴音は就職してから旅行など数えるほどしかできず、しかも一人旅は初めてだそうだ。もちろん、腱鞘炎が酷いままなら大人しくしているつもりだったようだが、一晩で想像以上に回復したため、一人旅の解放感を堪能したくなったらしい。

もっとも、啓太としても逆夜這いで関係を持ってしまった美人OLが宿にいると気まずさが先に立つため、彼女が外にいてくれるほうが多少は気が楽だったのだが。

夕飯から少しして、大浴場に行っていた老夫婦が部屋に戻るのが確認できた。

この時間に入浴したら、もう翌朝まで温泉に入ろうとはしないだろう。

そう判断した啓太は、琴音のスマートフォンにメッセージを入れ、一足先に大浴場に向かった。

そして、男湯で身体を洗い、三十九度の湯船でひとしきり温まってから、外への出入り口で湯浴み着のパンツを穿いて、タオルを手にして外に出る。

すると、冷たい外気が身体を包み、啓太は思わず「さむっ」と声を出して身震いしていた。既に、夜の気温は一桁が当たり前になっているので、このまま立っていたら風邪を引いてしまうかもしれない。

そのため、啓太はすぐに露天風呂に近づき、かけ湯をしてからゆっくりと湯船に浸かった。

「ふああ……たまらん。最初の頃は、ちょっと熱過ぎかと思ったけど、すっかりこの温度が気持ちよくなっちゃったよ」

肩まで湯に入ると、ついついそんな独り言が口を衝いて出てしまう。

実際、混浴の効果を横に置いても、今や仕事終わりに温度が高い露天風呂に入るのが楽しみになってしまった感がある。もちろん、いつもなら客がいるときは露天風呂を我慢しているのだが、今回は老夫婦が早めに入浴したことと、琴音との混浴の約束があるので堂々と入浴できる。

すると、

「ふふっ。啓太、お年寄りみたいなことを言っているわね？」

と、背後から琴音の声がした。

啓太が振り向くと、そこには湯浴み着姿の美人ＯＬが立っていた。

「こ、琴音さん……」

独り言を聞かれた恥ずかしさと、今さらながらに彼女の色っぽさを目の当たりにして、啓太は言葉を失ってしまった。

「何よ？　あたしと、混浴してくれるんでしょう？」

そう言いながら、琴音は湯船の傍まで来た。そして、手桶でお湯をすくって最初は足、それから身体へとかけていく。

そんな姿すらも、やけに煽情的に見えてしまうのは、やはり彼女と肉体関係を結んだせいだろうか？

啓太がドギマギしながらも、目を離せずにいると、かけ湯を終えた美人ＯＬはすぐ近くに足を入れた。そうして、まずは両足で立ったまま湯に浸かり、少ししてからゆっくりと腰を下ろして、啓太のすぐ隣に座る。

「はあ。でも、確かに啓太の気持ちも分かるわぁ。特に、外がこれだけ寒くなると、温泉の熱で身体の芯から温まる感じが、すごくいいわよねぇ？」

胸まで湯に浸かると、琴音がなんともリラックスした声をこぼした。

そんな彼女の姿が、実に色っぽく見えてならない。それに、こうして湯浴み着の美人ＯＬを見ていると、夕べの出来事が自然に脳裏に甦ってきてしまう。

今は湯浴み着で隠れている円錐型の巨乳、それに絡みつくような膣の感触。それらを、再び味わいたいという欲求が湧いてきてしまうのは、温泉の発情効果というだけではあるまい。

（くうっ。我慢、我慢。これは、琴音さんの腱鞘炎を治すための混浴なんだから）

と、啓太は視線をそらし、どうにか気持ちを落ち着けて湯船に入り続けていた。

ところが、間もなく高い湯温のせいだけではない熱が、次第に身体の奥に生じてきた。そして、隣にいる美人ＯＬを求める欲望がフツフツと湧きあがってくる。

この感覚には、非常に覚えがある。

（あっ、ヤバイ。もう、発情してきちゃったよ。しかも、今日はかなり強い感じだ）

どういう条件が引き金になったのかは分からないが、昨日よりも発情効果が早く強く出ているのは間違いなさそうだ。

（このままだと、琴音さんも……急いで出なきゃ）

そんな焦りを覚えて、啓太が腰を浮かせようとしたとき。

「啓太ぁ。あたし、また啓太のオチ×ポ欲しくなっちゃったぁ」

そう言うなり、琴音がこちらにまたがってきた。

「こ、琴音さん？　その、これは発情効果が出ているだけで、なんとか我慢を……」

啓太は、そう言ってどうにか彼女を押しとどめようとしたが、

「無理よぉ。この気持ちは、もう抑えられないわぁ。んちゅっ」

と、言葉を遮った美人ＯＬが、抱きつくように唇を重ねてきた。

そうして、彼女はすぐに舌を口内に入れると、絡め取るように動かしだす。

「んっ。んじゅ、んむ、んぐ、んじゅる……」

（くうっ。ディープキス……気持ちよくて、舌が柔らかくて……）

さっそく発情の影響が出始めたのか、舌同士の接点から鮮烈な快感がもたらされる。

それに加えて、琴音の身体がくっついたことで、湯浴み着越しとはいえ、押しつけられた巨乳の柔らかさや女体の温もりが伝わってくる。生の乳房の感触を知っているものの、こうして密着されると湯浴み着があろうと昂りを抑えられない。

（ううっ、もう我慢できない！）

とうとう牡の本能に負けた啓太は、反撃とばかりに自らも舌を動かしだした。

「んんんっ!?　んじゅっ、んむ……じゅぶる……んんっ、んじゅぶ……」

琴音は、一瞬だけ驚きの声をあげたものの、すぐに舌の動きを合わせてくる。

そうして、舌で淫らなチークダンスを踊っていると、彼女を求める気持ちがいっそう高まってきてしまう。

すると、湯浴み着の上から股間をまさぐる感触がもたらされた。

キスの最中なので、状況を確認できないが、琴音がペニスを弄りだしたのは容易に想像がつく。

さらに彼女は、湯浴み着越しに陰茎をしごくように手を動かしだした。

直接されるほどではないが、勃起から心地よさが生じて、啓太はキスをしたまま心の中で呻き声をあげていた。

(くうっ！　チ×ポ、よくて……)

そのため、舌の動きが自然に乱れてしまう。

「んじゅぶる……んんっ……ふはあっ」

さすがに厳しくなったのか、小柄な巨乳ＯＬが唇を離した。

「はぁ、はぁ……啓太のチン×ン、こんなに大きくぅ……嬉しい。あたし、もうエッチをしたい気持ちを我慢できないわぁ」

潤んだ目でそんなことを言いつつ、彼女は手を動かして肉棒に刺激を与え続ける。

「琴音さん、僕も……けど、志帆子さんや由衣ちゃんだけじゃなく、他のお客さんもいるし……そ、それに、のぼせちゃうかもしれないし……」

そのまま本番に進みそうな琴音に対し、啓太はかろうじて理性を働かせて、なんとかブレーキをかけようとした。

実際、今日は老夫婦とはいえ他の宿泊客がいるのだ。万が一にも彼らに現場を見られたら、あるいは喘ぎ声を聞かれたりしたら、もう一巻の終わりと言っていいだろう。

「そうねぇ。あっ、それならあたしがタオルを咥えれば平気じゃない？」

少し考えた琴音が、すぐにそんな解決策を口にした。

「ああ、確かに……」

啓太は、ついついそう頷《うなず》いていた。

もちろん、本来は露天風呂で本番行為をすること自体が問題なのだが、発情しているせいか「喘ぎ声が聞こえなければ大丈夫」と、妙な割り切りができてしまう。

「じゃあ、啓太は縁に腰をかけて。まずは、ちょっと愛撫してもらいたいし。それに、身体までずっとお湯に浸かりっぱなしだと、それこそのぼせちゃいそうだし、あたし自身もどうなっちゃうか、さすがに自信がないから」

美人ＯＬが、そう指示を出しつつ上からどく。

さすがの彼女も、他の宿泊客や志帆子と由衣がいるのに、理性が完全に吹っ飛ぶほど激しい発情は避けたい、という気持ちはあるらしい。

それは同感なので、啓太は素直に立ち上がった。

もともと、心臓などへの負担から、入浴で四十二度前後の熱めのお湯に浸かるのは十分以内にとどめたほうがいい、と言われている。

時計がないので、正確なところは分からないが、啓太が露天風呂に入ってから既に五分以上は経っているはずだ。それに加えて、発情効果とキスの興奮も相まって、身体が相当に火照っていた。正直、このまま続けていたら自分がどれだけ暴走するか、まったく分からない。

しかし、足だけならば発情の進行も抑えられるだろうし、外気温がかなり低めになっていても足湯感覚で湯冷《ゆざ》めしづらいはずだ。

啓太が縁に座ると、タオルを手にした琴音が背を向けて膝の上に乗ってきた。そして、自分の口にタオルを当てて咥える。

これならば、大声の心配はあるまい。

そこで啓太は、彼女の湯浴み着の肩紐を両方ともほどいた。そうして、一気に引き下げて上半身を露わにする。

後ろからでは裸体を確認できないものの、前回、部屋で見ているので想像はつく。

興奮しつつ、啓太は前に両手を回して、ふくらみを鷲摑みにした。

途端に、手の平にやや弾力が強めの心地よい感触が広がる。

（ああ、琴音さんのオッパイ……）

感動と昂りを覚えながら、啓太は指に力を込めて優しく乳房を揉みしだきだした。

「んんっ、んっ……んむっ、んっ、んんんっ……」

たちまち、巨乳ＯＬがくぐもった喘ぎ声をこぼしだす。

ただ、これくらいの声ならば大浴場に人がいても気付かれる心配はあるまい。

（やっぱり、琴音さんのオッパイって志帆子さんよりは小さいけど、充分にボリュームがあるから、触り心地がすごくいいんだよな）

という思いが、啓太の脳裏をよぎる。

もともと、美人女将の胸が大きすぎるだけで、琴音も手からこぼれ出るほどの巨乳なのだ。それに、弾力が強めなぶん、こちらのほうが揉みごたえは感じられる気がする。もっとも、柔らかさが勝る志帆子の乳房も魅力的なので、優劣はつけられないが。

そんな感想を抱きながら、啓太は指の力を強めた。

「んんっ！　んっ、んむっ、んんんっ……！」

愛撫に合わせて、琴音がくぐもった喘ぎ声をこぼす。

その彼女の様子に、どうにも我慢できなくなった啓太は、ふくらみの頂上にある突起を摘《つ》まんだ。そして、指の腹で擦るようにクリクリと弄りだす。

「んむううっ！　んんっ、んっ、んぐぅ！　んむむっ、んっ、んんんっ……！」

美人ＯＬがおとがいを反らし、今までより激しい喘ぎ声を漏らす。

タオルを咥えていなかったら、おそらく大声を響かせていただろう。

（乳首、意外とコリコリしていて、柔らかめのオッパイとは感触が違うんだよなぁ）

乳頭を弄りながら、啓太はそんなことを思って感慨に耽っていた。

こうして、女性の敏感な部位を弄り回せるのが、今は何より嬉しく、興奮を煽られることに思えてならない。

啓太は、いったん乳首から手を離した。そして、再び乳房全体を鷲掴みにして、いささか乱暴な手つきでグニグニと揉みしだきだす。

「んんーっ！　んっ、ぐむむっ、んんんっ、んむうっ、んんっ……！」

刺激の変化に、琴音がくぐもった声をあげながら、身体を小刻みに震わせた。

タオルを咥えているため、言葉はまったくなかったものの、態度だけでも充分な快感を得ていることは伝わってくる。

すると、彼女が自分の片手を、胸を揉み続ける啓太の手に重ねてきた。それから、己の下半身へと手を誘導する。

どうやら、言葉を発せないので自身の望みを行動で伝えてきたらしい。

そこで啓太は、自分がついつい胸への愛撫に夢中になっていたと気付いた。

(志帆子さんのときも、同じことをやっちゃったよなぁ)

まだ経験不足なのもあるが、女性のバストの触り心地があまりによくて、なかなか他のことに気が回らなくなってしまう。

そこらへんは琴音も分かっているから、こうして誘導してくれたのだろう。

啓太は、彼女の湯浴み着の裾をたくし上げ、秘裂に指を這わせた。

すると、たちまち琴音が天を仰いで「んんーっ！」とくぐもった声をあたりに響かせた。タオルを口に含んでいなかったら、宿どころか住居部まで余裕で届くような声が出ていたかもしれない。

(濡れているけど……これは、お湯？　それとも、愛液？)

指から伝わってきた湿り気に、啓太は内心で首を傾げていた。

さすがに、シックスナインのときとは違って、指の感触だけではどちらか判断がつかない。

そこで啓太は、筋に沿って指を動かし始めた。同時に、乳房への愛撫も再開する。

「んむうっ！　んっ、むんっ、うむっ、んんーっ！　んっ、むぐっ、んんっ……！」

すぐに、琴音が身体をヒクつかせて喘ぎだした。この反応だけでも、彼女が感じているると分かる。

そうして、秘部とバストを弄っていると、汗ばんだうなじがふと目に入った。

美人ＯＬはボブカットなので、チラチラと見える程度なのだが、それだけに髪をアップにして見えるのとは違った色気があるように思えてならない。

啓太は、ほとんど本能的に首筋に舌をつけ、両手を動かしながら、汗を味わうようにそこを舐めだした。

「んむむっ!?　んんんっ、んっ、んむぐううっ！　んんっ、んむっ、んっ、むぐうっ、んんっ……！」

うなじを責められるのは予想外だったのか、琴音が身体をヒクつかせて喘ぐ。

（おっ。奥から、愛液がいっぱい出てきたぞ）

間もなく、秘裂に這わせた指に、新たな湿り気がネットリと絡みついてきた。

どうやら、三点を同時に愛撫されたことで彼女も相当な快感を得たらしい。

これだけ溢れてくれれば、挿入には充分ではないだろうか？

そう考えた啓太は、いったん舌と指を美人ＯＬから離した。

すると、琴音もこちらの意図に気付いたらしく、タオルを口から取って視線を向けてくる。

「ふはあ。啓太ぁ、あたしももう我慢できなぁい」

と言って、彼女は啓太の上からどくと、すぐ横に腰かけた。そして、そのまま身体を仰向けに横たえて脚を開く。

「早く、早くチン×ンちょうだぁい。昨日のおっきな感触が、忘れられないのぉ」

（俺、先に一発出してないけど、大丈夫かな？）

そんな不安はあったが、女性に甘い声でここまで言われては、要求を拒む気にはなれない。それに、こちらも挿入への欲求をもはや抑えきれなくなっていた。

そのため、啓太はいったん足を湯から抜いて立ち上がり、湯浴み着を脱ぎ捨てた。

すると、すっかりいきり立ったペニスが姿を現す。

「ああ、それぇ。その逞しいチン×ン、早く挿《い》れてぇ」

こちらを見て、ウットリした表情でそんな誘い文句を口にしてから、琴音がまたタオルを口に咥えた。これで、彼女の準備が万端に整ったのは分かる。

啓太は再び湯に入ると、美人ＯＬの足のほうに回り込んだ。そして、広げられたままの脚の間に移動する。

するると、両太股の中心で、蜜を溢れさせた割れ目が目に飛び込んできた。童貞の頃なら、この淫靡な光景を目にしただけで射精していたかもしれない。

そんな昂りをどうにか抑えながら、啓太は一物を秘裂にあてがった。

それだけで、琴音が「んんっ」とくぐもった声を漏らす。しかし、身体を強張らせるなど緊張した気配をまったく見せないあたりは、さすがと言うべきか。

そこで啓太は、一気に分身をヴァギナに押し込んだ。

「んんんんんんっ!!」

挿入に合わせて、美人ＯＬがおとがいを反らして全身を硬直させながら、こもった声をこぼす。

そうして、奥まで進入し終えて啓太が動きを止めると、彼女の身体から急速に力が抜けていった。

「もしかして、イッちゃいました?」

と小声で訊くと、琴音がタオルを咥えたまま小さく頷く。

やはり、発情効果のおかげなのか、いとも簡単に達してしまったらしい。

「動いても、平気そうですか?」

重ねてそう問いかけると、美人ＯＬはまたコクンと首を縦に振った。

そこで啓太は、彼女の腰を摑むと、やや荒っぽい抽送を開始した。

「んんっ！　んっ、んむっ、んっ、んぐっ……！」

たちまち、琴音の口からくぐもった喘ぎ声がこぼれだす。ただ、声自体は小さいので、これくらいなら大浴場にすら聞こえる心配はあるまい。

(それにしても、なんだかレイプしているみたいだな)

ピストン運動をしながら、啓太の心にそんな思いがよぎった。

何しろ、胴体に湯浴み着が残っているのに、バストと腰回りは露わになっており、しかも口にタオルを咥えているのだ。この場面だけを切り取ったら、混浴の温泉で啓太が美女を押し倒して強姦している、と見られてもおかしくない絵面だろう。

啓太自身には、決して女性を無理矢理犯すことへの憧れがあるわけではなかった。

しかし、このシチュエーションに罪悪感混じりの背徳感を抱くのと同時に、奇妙な興奮が湧いてくるのを抑えられない。

それに、志帆子と由衣だけでなく他の宿泊客がいる中での行為ということにも、いつもと違った昂りを覚えずにはいられなかった。

そのため、啓太は半ば無意識に抽送を荒々しくしていた。

「んんっ！　んっ、んむっ、んぐっ、んんっ、むううっ！　んっ、んぐっ……！」

琴音の喘ぎ声も、こちらの動きに合わせてやや乱れたものになる。しかし、膣道の蠢きが増して肉襞がペニスに絡みつく力が強まったことから、彼女が快感を得ているのは伝わってくる。

（琴音さんのエッチな姿を、もっと見たい！）

そんな願望に支配されて、啓太は抽送を続けながら腰から両手を離した。そして、タプタプと揺れているふくらみを鷲摑みにして、力任せに揉みしだきだす。

「んむぐううっ！　んんっ、うむううっ！　んんっ、んぐううっ……！」

たちまち、美人ＯＬが喘ぎ声を乱し、激しく頭を振り始めた。

すると、膣肉の蠢きがさらに大きくなって、一物により強い刺激がもたらされる。

（あっ、ヤベ。もう、イキそうだ）

先に一発出していなかったせいか、あるいは発情効果と諸々の興奮が相まったせいか、自分でも驚く早さで射精感が込み上げてきたことに、啓太は焦りを覚えていた。

この心地よさをもっと堪能したい気持ちはあったが、もはやこれは耐えきれるものではない。

（抜かなきゃ……）

昂りで朦朧としながらも、啓太の中にそんな理性がかろうじて働く。

ところが、その矢先にこちらの状態と思考を見抜いたのか、琴音が腰に脚を絡みつけてきた。

さらに、膣道が妖しく収縮を始めて、陰茎に新たな性電気がもたらされる。

そこで限界に達した啓太は、それ以上あれこれ考える余裕もなく、「はうっ！」と呻くなり彼女の中に精を注ぎ込んでしまった。

「んんっ！　んむうううううぅぅぅぅぅぅぅ!!」

それと同時に、琴音も身体を強張らせて、くぐもった絶頂の声をあたりに響かせるのだった。

3

朝食からしばらく経った九時過ぎ、ライディングジャケットを着てヘルメットとグローブを入れたバッグを持った啓太は、部屋を出て階段を下りた。

すると、ちょうど玄関にダウンジャケット姿の琴音がいて、こちらを見る。

「あら？　啓太、その格好と荷物はどういうこと？」

そう言うと、巨乳の美人ＯＬがすり寄ってきた。その距離の近さに、啓太のほうは

つけ？」
「バイク？　ああ、そういえば、啓太はツーリング中に宿の前で事故を起こしたんだ
「あっ、えっと、その、僕、今日は休みなんで、バイクを取りに行こうと……」
戸惑いを禁じ得ない。

「はい。土砂降りのときに、マンホールの蓋にタイヤを取られて転倒して……で、バイクのハンドルとクラッチレバーが曲がったのと、地面に擦れて車体に大きな傷がついちゃったんで、バイク屋に修理をお願いしていたんです」

車体の傷は、放っておくとそこから錆びて、バイク自体の寿命を短くする可能性がある。小さな傷なら、タッチペンなどを使って自力で補修可能だが、雨が降っていたとはいえ地面と擦れてできた大きな傷は、素人が元通りにできるものではなかった。

そのため、啓太はバイク屋にハンドルの交換と同時に傷の修繕を頼んでいたのである。

昨日、バイク屋から修理が終わった旨の連絡が来て、ちょうど今日が休日に割り当てられていたこともあり、取りに行くことにしたのだ。もっとも、バイク屋まで行くには路線バスを使わざるを得ないのだが。

「そっか。ここを出て行くつもりかと思って、ちょっとビックリしちゃったわ」

と、琴音が安堵の表情を浮かべる。

「いやいや。辞めるなら、ちゃんと事前に言いますって」

「そうよねぇ。でも、バイクかぁ。どうせなら、後ろに乗せてもらえないかしら？　ツーリングデートなんてのも、なかなかいいんじゃない？」

今度は、美人ＯＬが目を輝かせて、そんなことを言いだした。

元カノともしたことがないことを提案されて、一瞬だけ啓太の心が大きく揺らぐ。

恋人をタンデムシートに乗せてのツーリングデートというのは、バイクを買ったとき夢に見ていたシチュエーションの一つである。それだけに、この魅力的な話に思わず首を縦に振りたくなってしまう。

「い、いえ、あの、ヘルメットが一個しかないんで。ノーヘルじゃ、バイクに乗せられないですよ。それに、もう寒いからグローブなしじゃ、手が凍えると思うし」

どうにか理性を保って、啓太はそう彼女をたしなめた。

「ああ、そっかぁ。そういうことなら、仕方がないわね。じゃあ、あたしは一人でＫＴ市の醤油蔵とかラーメン屋とかを見て回るとするわ」

さすがに、自分用のヘルメットやグローブを購入するとまでは言いださず、琴音があっさりと引き下がる。

腱鞘炎による右手の痛みがなくなったことで、小柄な美人ＯＬは周辺の観光を楽しむ心の余裕を取り戻したらしく、朝食後に路線バスでK村の隣のKT駅まで行き、そこからあちこち出かけるようになっていた。

KT市内には老舗《しにせ》の醤油蔵が多くあり、その影響で醤油系のご当地ラーメンの有名店が多々存在している。箸が使えないと、なかなかラーメンを食べに行く気にもなるまいが、今の彼女は日常生活に支障のないレベルで右手を使えるようになっていた。したがって、街の観光がてら食べ歩きをするのも、もう問題ないのだろう。

（やれやれ。それにしても琴音さん、二度目のエッチをしてから、やたらと俺にアプローチをかけて来るようになったよなぁ）

美人OLは、本来一週間の滞在予定だったが、客室に余裕があるためさらに一週間、滞在を延ばすことにしていた。

「混浴効果のおかげで、右手の痛みはすっかりなくなったけど、まだ無理はできないし、完治したか不安だから」

とは、彼女の弁である。

もちろん、その言葉にも嘘はないだろう。ただ、やけに甘えるように「また混浴しましょうよぉ」と言ってくるのだから、滞在延長に腱鞘炎を治すのとは違う目的があるのは、火を見るより明らかだ。

（志帆子さんは、琴音さんが延泊する本当の理由に気付いているんだろうけど、なんだか複雑そうな顔をしていたよな。それに、由衣ちゃんは……）

と考えた矢先、厨房から茶衣着姿の跡取り娘が姿を見せた。

そして、啓太と琴音が玄関にいるのを見て、その顔から表情がスッと消える。

「ふーん。今日は、二人で一緒に出かけるんだ？」

と言った彼女の言葉は、感情がなく平坦だったが、そのぶん不機嫌さがヒシヒシと伝わってくる。

「ち、違うよ。たまたま玄関で会っただけで、僕はバイクを取りに……ほら、バスの本数が少ないし」

年下の跡取り娘の態度に気圧《けお》されながら、啓太はやや しどろもどろになりながら弁明していた。

実際、「夢乃屋」の近くを通る路線バスは本数が限られており、KT市に午前中の間に出かけるとしたら、この時間に出発するしかない。これを逃すと、次のバスは昼過ぎになってしまうのだ。したがって、バスを利用する人間が宿を出るのが同じ時間になるのは、ある意味で必然なのである。

それくらいのことは、地元に住んでいれば分かっていると思うのだが、由衣はなんとも訝《いぶか》しげに、ジト目でこちらを見ている。

「ふふっ。本当は、啓太とKT市でデートしたかったんだけどねぇ」

そう言うと、琴音が跡取り娘に見せつけるかのように腕を絡め、ふくよかなバストを押しつけてきた。

「なっ!? こ、琴音さん!?」

突然の行動に、啓太は素っ頓狂な声をあげていた。

彼女のダウンジャケットと、ライディングジャケットの厚みのせいで、感触は浴衣のときと比べれば少ないが、それでもふくらみの存在は伝わってくる。

「ああっ、また！ もうっ、琴音さんったら、すぐに啓太さんにベタベタして！」

と、由衣が声を荒らげる。

「あはは、ゴメン、ゴメン。由衣ちゃんの反応がウブだから、つい冷やかしたくなっちゃうのよねぇ。さあ、そろそろ行かないとバスが来ちゃう。ほら、啓太も突っ立ってないで、さっさと行くわよ」

そう言って、琴音が身体を離してこちらの手を引っ張る。

啓太は、そんな美人ＯＬに翻弄されるまま、ズルズルと外に連れ出されてしまった。

玄関を見ると、由衣は頬をふくらませて、あからさまに不機嫌な顔で睨んでいる。

（由衣ちゃん、本当にどうしたんだろう？　あんな反応をしていたら、琴音さんにからかわれるって分かっているだろうに）

啓太は、「夢乃屋」の跡取り娘が何を考えているか分からず、琴音に引きずられるようにしながら心の中で首を傾げていた。

4

「ふう。これで、やっと一息つけたな」

昼食を終え、自室に割り当てられている部屋に戻った啓太は、そう独りごちていた。

愛車のバイクは、転倒事故を起こしたのが嘘のように、綺麗に修復されていた。交換されたハンドルやクラッチはもちろんだが、車体にできた大きな傷も、かなり近づいてじっくり見ないと傷跡が分からないほどに直されていたのである。

微調整のため試運転をさせてもらったが、全体の操作感も前とほぼ変わらず、これ以上は望めないくらい完璧な修理がなされたと言えるだろう。

そうして、啓太は会計時にバイク屋の主人に心からの感謝を伝え、昼前に久しぶりの愛車で「夢乃屋」へ戻ったのだった。

本来なら、今日はせっかく仕事が休みなのだから、直ったばかりのバイクで思い切り走りを堪能したい気持ちもあった。

しかし、既に初冬が近づき、「夢乃屋」よりも標高の高いところで数日前に初雪が観測されたほど冷え込んでいる。おかげで、冬対応のライディングジャケットを着用していたのに、宿まで走行していただけで冷気がジワジワと染み込んでくる感じだった。これでは、とてもではないが走りを楽しむ余裕はない。

そうして、宿に戻った啓太は、いったん着替えて志帆子が作った昼食を摂り、自室の二〇五号室に入ったのだった。

(それにしても、こんなに寒くなるとは思わなかったよなぁ。このままだと、もうすぐバイクに乗れなくなるし……俺、いつまで「夢乃屋」にいられるんだろう?)

落ち着くと、今さらのようにそんな思いが心をよぎる。

現在は、客室に居候《いそうろう》させてもらっている格好だが、いつまでもそういうわけにもいくまい。そもそも、H市の自宅アパートは契約を継続中なのだ。

志帆子たちの話によると、「夢乃屋」の界隈は毎年、そこそこの積雪量になるらしい。当然、スノータイヤのない二輪で走行するなど、完全に自殺行為である。したがって、本格的な冬が来て移動できなくなる前に、身の振り方を決める必要がある。

ただ、ここを辞めてH市に戻ったとしても、すぐに次の仕事を探さないと遠からず食いっぱぐれてしまうのは自明の理だ。

正直、啓太はこのまま「夢乃屋」で働きたい、という気持ちを強めていた。

客の琴音はともかく、女将の志帆子と深い仲になったこともあるし、ちょくちょくドジを踏む由衣を放っておけない、という思いもある。

それに、仕事は大変だがやり甲斐もあり、サラリーマン時代より充実感があった。

ちなみに、従業員募集は継続中で、これまで志帆子が何人かと面接したものの、いずれも条件が合わず不採用となっていた。

それに対し、啓太は既に働いている実績があり、温泉の治癒効果を増幅する体質もあるので、爆乳女将もこちらが望めば、正式に雇う方向で考えてくれるのではないだろうか？　もっとも、発情効果も増すので、そのあたりは痛し痒しと言えるかもしれないが。

とはいえ、血筋的に旅館の正統な跡取り娘である由衣が反対したら、後妻の志帆子にそれを覆すのは難しいだろう。そういう意味では、年下美女の自分に対する風当たりの強さが、どうにも不安に思えてならなかった。

「由衣ちゃん、すぐに不機嫌になるからなぁ。なんでなのか、一度きちんと訊いてみないと」

そう独りごちたとき、引き戸がノックされて、「啓太さん？」と控えめな由衣の声の声がした。

「うわっ。ゆ、由衣ちゃん？　どうしたの？」

いずれ、しっかり話をしようと考えていた相手の来訪に、意表を突かれた啓太は思わず声を上擦らせて返事をする。

『その、入ってもいいかな？』

「えっ？　あ、うん。どうぞ」

まさか、向こうからやって来て、しかも部屋に入りたがるとは、いささか想定外の事態である。そのため、啓太は動揺したまま、ついつい彼女を受け入れてしまった。

すると、引き戸が開けられて、茶衣着姿の由衣が怖ず怖ずと入室してきた。

「どうしたの、由衣ちゃん？」

「えっと、その……バイク、直ってよかったね？」

「え？　ああ、そうだね。バイク屋のご主人の腕がよくて、本当に前と変わらない感覚で乗れたよ」

「そうなんだ。それで、あの……啓太さんは、これからどうするつもりなの？」

と、跡取り娘が不安げに訊いてくる。

「どうって……ああ、今、ちょうどそのことを考えていたんだ。で、由衣ちゃんにも相談しなきゃ、と思っていたところでさ」

「そうなの？　志帆子さんじゃなくて、わたしに？」

「うん。志帆子さんにも相談するけど、やっぱり『夢乃屋』の正式な跡取りは由衣ちゃんだと思うからね。それで、これからのことなんだけど……できれば、このまま働かせてもらいたいと思っているんだ。もちろん、由衣ちゃんが嫌なら、なるべく早く出て行くつもりだけど……どうかな？」

こちらのその言葉に、由衣が息を呑んだ。そして、今にも泣きだしそうな表情を見せる。

「えっ？　ゆ、由衣ちゃん？　そんなに嫌だった？」

「ううん、逆だよ。啓太さんが、ウチで働きたいって言ってくれたのが嬉しくて」

驚いた啓太に対し、跡取り娘が泣き笑いといった顔を見せながら答えた。

「嬉しいって……それじゃあ、いいの？」

「うん。もしも、啓太さんが出て行くつもりだったら、残ってもらえるようにこっちからお願いしよう、と思っていたし」

「そうだったんだ。だけど、由衣ちゃんは……その、僕のことを嫌っているんじゃない？　僕の体質をアテにして、宿のために無理をしているんなら……」

啓太がそう口にすると、涙を拭った由衣が頰をふくらませてこちらを睨んだ。

「もうっ！　そんなはずないでしょ!?　わたし、啓太さんのことが好きだもん！　あっ……」

と口にしてから、彼女は慌てた様子で自分の口を手で塞ぐ。続いて、その顔がみるみる真っ赤になっていく。

「えっ？　マジ？　いや、でも、なんかいつもあたりが強いから、てっきり……」

まさか、年下の跡取り娘の口から「啓太さんのことが好き」という言葉が出てくるとは予想していなかったため、啓太は混乱していた。

元カノに裏切られて以来、啓太は女性への警戒感を抱くのと同時に、「俺なんかが女性から本気で好かれるはずがない」と思い込んでいたのである。

もちろん、志帆子や琴音からは好意に近い感情を向けられている自覚はあった。が、先に身体の関係を持っているので、「愛情」よりも「性欲」が勝っている気がしていたのである。その場合、純粋な恋愛感情と勘違いすると痛い目を見る、という思いもあって、流されて関係を持ちながらも、あと一歩踏み込めずにいた。

それだけに、そういった関係ではない年下美女から好意を持たれていた、というのは意外と言うしかない。

すると、由衣が「はあー」と呆れたように大きなため息をついて言葉を続けた。

「啓太さん、本当に鈍いなぁ。わたしがキツくあたるのは、志帆子さんや琴音さんと仲良くしているときだけだったでしょ？　気付いていなかったの？」

「……あー、そういえばそうだねぇ」

指摘を受けて、頬をポリポリと掻《か》いてから、ようやく一つの事実に思いが至る。

（ん？　由衣ちゃんが俺を好きってことは、つまり俺が他の女性と親しくしているのを見て嫉妬していた……ってことだよな？）

そこで、啓太はずっと抱いていた疑問がやっと氷解した気がした。

今まで気付かなかったのは、自分が恋愛対象として見られている可能性をまったく考えていなかったせいだろう。

「えっと、それで啓太さんは、わたしのことをどう思っているのかな？」

恥ずかしそうに、しかし覚悟を決めたように由衣が訊いてきた。

「それは、その……」

彼女の問いかけに、啓太は即答できなかった。

（俺は、琴音さんだけじゃなく、志帆子さんともエッチしているし……）

客の美人ＯＬは縁が薄いものの、爆乳女将は由衣の義母である。そんな立場の女性と身体の関係を持っていながら、目の前にいる美女の好意にあっさり応じるというのは、真面目な性格の啓太には難しい。

すると、こちらの逡巡の理由を察したらしく、年下の跡取り娘が言葉を続けた。

「琴音さんはもちろんだけど、志帆子さんとのことも、もう分かっているから気にしなくていいよ。っていうか、あの態度を見ていて気付かないほうがおかしいって」

（あちゃー。バレバレだったんだ……）

啓太は、内心で頭を抱えていた。

爆乳女将の態度の変化は、啓太自身も感じていたことではある。ここ数年、志帆子と一つ屋根の下で暮らし、子供の頃から数多《あまた》の客と接してきた由衣であれば、見抜くのも容易《たやす》かったのだろう。

「それで、どうなのかな？」

「えっと……好きだよ。いつも元気で明るくて、ちょっとドジだけど、そんなところも可愛いし……」

改めて問われて、啓太はためらいながらも素直に応じていた。

実際、六歳下の愛らしい跡取り娘に好意は抱いていたのである。そうでなければ、いくら志帆子と関係を持っていても、ここで働き続けたいとは思わなかっただろう。

それに、心配の種だった由衣のきつめの言動も、啓太への好感故の嫉妬心が理由だったと分かった以上、本心を偽《いつわ》る必要はあるまい。

もっとも、現時点の彼女に対する「好き」は、恋愛感情の一歩手前という感じで、少しドジだが頑張り屋の妹を温かな目で見守る兄のような感覚なのだが。

それでも、年下美女にとっては充分な返事だったのだろう。

「嬉しい。わたしも、啓太さんのことが好き。啓太さんが志帆子さんとエッチしていても、この気持ちは変わらないよ」

そんな彼女の言葉が、啓太の胸を打った。

ここまでまっすぐな好意を向けられたのは、初めてのことである。

(こんな俺のことを、そこまで好いてくれるなんて……)

そう思うと、愛おしさが込み上げてきて、啓太は思わず由衣を抱きしめていた。

彼女は、「あっ」と声をこぼしたが、特に抵抗する素振りを見せない。

ただ、そうして年下美女の匂いや温もりを感じていると、牡の本能が湧き上がってきてしまうのは、もう仕方がないことだろう。

するなと、少しためらう様子を見せてから、由衣が口を開いた。

「あのさ……お願いがあるんだけど？」

「ん？　何？」

「わたしと、その、露天風呂で混浴して欲しいの」

「はい!?　あのさ、僕と混浴したら何が起きているか、分かって言ってる？」

慌ててそう訊くと、彼女が首を縦に振った。

「エッチな気分になるんだよね？　その、わたしはずっと宿のことで頭がいっぱいで、今まで男の人と付き合った経験もないから、どんな感じになるのか興味があるっていうか……」

どうやら、跡取り娘も発情効果については知っていたらしい。それが、義母から聞いたのか、亡き祖母や父から聞いたのかは、啓太には分からないが。

「でも、そうなったら、僕と……」

「う、うん。まぁ、エッチに興味がないわけじゃないし、啓太さんとならいいかなって……それに、今なら二人きりだから、誰かに声とか聞かれる心配もないだろうし」

と、由衣が少し慌てた様子で補足した。

今日は、宿泊客が連泊中の琴音のみである。その彼女も、路線バスの都合で帰りは夕方になる見込みだ。

また、志帆子はK村の会合があるとのことで、昼食のあと夕食の下ごしらえをして出かけていた。もちろん、宿の車で出たのでバスと違って帰り時刻は読めないはずだが、過去の経験から琴音とほぼ同じ時間の帰宅になるだろう、とのことである。

したがって、今「夢乃屋」には啓太と由衣しかいないのだ。

「それに、わたしは琴音さんにも志帆子さんにも負けたくない！　あの二人がしたことなら、わたしだって……」

由衣が、さらに追い打ちをかけるように言って、こちらを見つめてくる。

その真剣な眼差しを前にすると、さすがの啓太も彼女の求めを拒むことなどできなかった。

5

（まさか、本当に由衣ちゃんと混浴する羽目になるなんて……）

湯浴み着のパンツを穿き、露天風呂に浸かっている啓太は、そんなことを考えて胸の高鳴りを抑えられなかった。

何しろ、すぐ隣にはワンピースタイプの湯浴み着を着用した由衣がいるのである。

とにかく、湯浴み着を着ているとはいえ、肩や膝から少し上まで見えている太股など、普段の茶衣着や私服では目にすることがない部位が露出しているのだ。しかも、まだ十四時頃であたりが明るいため、肌の白さなどがはっきりと分かる。

彼女のバストは、爆乳の志帆子はもちろん巨乳の琴音よりも控えめだった。が、それでも湯船に浸かっている姿を見た限り、出るべきところはしっかりと出ている。

加えて、俯《うつむ》いて恥ずかしそうにしている表情が、混浴慣れしていた感じの年上の二人とは違った初々《ういうい》しさを漂わせていて、なんとも愛らしく思えてならない。

自ら混浴を望んだ由衣だったが、父親以外の男と入るのは初めてだそうで、湯浴み着を着用しているというのに露天風呂に来たときからガチガチになっていた。

何しろ、湯に入る前にかけ湯で熱さに身体を慣らす、ということすら忘れていたほどである。生まれ育った場所で、温泉入浴の基本的な動作すら啓太が注意するまで失念していたのは、それだけ緊張している証拠だろう。

湯に入ったあとも、由衣は恥ずかしそうに俯いているだけで、まったく言葉を発そうとはしなかった。それでも混浴を決行したのは、やはり志帆子や琴音への対抗心からなのだろうか？

（うう……こっちから、なんか話したほうがいいのかな？　でも、こういうときって何を言えばいいんだろう？）

啓太のほうも、そんな思いがあって口を開けずにいた。

気の利いた言葉の一つも言えればいいのだが、如何せん恋愛経験値が不足しているため、好意を寄せてくれている相手と何を話せばいいか、まるで思い浮かばない。

そうして、お互いに沈黙したまま数分の時間が過ぎたとき。

（あっ。なんか、ムラムラしてきた……）

啓太は、己の中に情欲の熱が生じだしたことに気付いた。

隣にいる年下美女の、湯浴み着の奥がやけに気になり、触れるなど色々なことをしたい、という衝動が心の奥底から湧きあがってくる。

一方の由衣のほうも、何やらチラチラとこちらを見ては視線をそらす、という行動を頻繁にするようになっている。

「由衣ちゃん、もしかしてエッチしたくなってきた？」

「う、うん……そうかも？　なんか、啓太さんがすごく気になって、身体の奥が疼く感じがするよぉ」

「僕も、由衣ちゃんとエッチしたくなってきた」

そう言って肩を抱き寄せると、彼女は「あっ」と声を漏らしたものの、抵抗せずに啓太に身体を預けてきた。これだけでも、跡取り娘の覚悟が伝わってくる。

そうして密着すると、四十二度の湯温で汗をかいているせいか、甘い牝《めす》の匂いが鼻腔をくすぐり、ますます欲望を刺激する。

すると、由衣が「啓太さぁん」と潤んだ目でこちらを見た。

その表情に、啓太の胸が大きく高鳴り、顔を自然に近づけてしまう。

彼女も、こちらがしようとしていることに気付いたらしく、目を閉じて唇を突き出すようにする。

啓太は吸い寄せられるように、その可憐な唇に口づけをした。

途端に、由衣の口から「んんっ」と小さな声がこぼれ出て、その身体がやや強張る。

先ほどの言葉から察するに、彼女はキスの経験すらないはずなので、初めてのことに緊張しているのは想像に難くない。

そこで啓太は、跡取り娘の愛らしい唇をついばむように、キスの雨を降らせた。

「ちゅっ、ちゅば、ちゅば……」

「んっ、あっ、んんっ……これっ、んふっ、んあっ、んむぅ……」

口づけの合間に、由衣が言葉を発しようとしたが、啓太はリズミカルな行為でそれを遮ってしまう。

そうして、さらにキスを続けていると、次第に彼女の身体から力が抜けてきた。

そこで、ようやく唇をついばむのをやめると、跡取り娘が「ふはあっ」と大きく息をついた。

「んはあ、はぁ、はぁ……わたしのファーストキスぅ……あんなに、激しくするなんてぇ……」

息を乱しながら、彼女がそんなことを独りごちるように言う。

「嫌だった？」

「あっ……ううん。その、ビックリしただけ。初めてのキスが啓太さんとで、すごく嬉しかったよ」

こちらの問いに、由衣が言い訳めいたことを口にした。

おそらく、いきなりバードキスをされて困惑したのだろう。

ただ、そんな彼女の言葉も今の啓太には興奮材料にしかならなかった。ましてや、露天風呂に入ったままなので、発情がより強まった気がする。

啓太は身体の向きを変えると、宿の跡取り娘と向き合う体勢になった。そして、すぐに再び唇を重ねる。

「んんっ……んむむっ⁉」

口内に舌をねじ込むと、由衣が驚いたような声をあげる。

しかし、啓太は構わず彼女の舌を絡め取るように、自分の舌を動かした。

「んじゅ、んろ、んむ……」

「んむっ！　んっ、んんっ……んじゅる……」

こちらの舌から逃れようとするかの如く、跡取り娘が舌を動かす。だが、その動きが狭い口内ではかえって舌同士の絡み合いを強めることになる。

間もなく、ディープキスという行為があるのを思い出したのか、それとも諦めたのか、由衣も怖ず怖ずとながら、自ら舌を絡みつけるように動かしだした。

そうして、年上美女たちとしたよりもぎこちない舌のチークダンスを繰り広げていると、なんとも言えない心地よさが接点から生じ始めた。それによって、ますます昂りが増していく。

我慢できなくなった啓太は、片手を湯浴み着越しに跡取り娘の胸に這わせた。

すると、湯浴み着の手触りと共に、手の平に弾力と柔らかさを兼ね備えた乳房の感触が広がる。

ところが、それとほぼ同時に由衣が唇を振り払うようにして、「ふやんっ！」と大声を響かせた。

「け、啓太さん？　オッパイ、いきなり触るからビックリしちゃったじゃん」

「駄目だった？」

「だ、駄目じゃないけど……その、先に一声かけて欲しかったかな？」

「じゃあ。由衣ちゃんのオッパイ、もっと触りたい」

「ええっ!?　もう……ストレート過ぎだよぉ。それに、断れるはずないし……」

こちらの言葉に、由衣が困惑混じりに言う。

ひとまず、啓太の行為を受け入れる気はあるものの、初めてされることばかりなので戸惑っている、というのは伝わってくる。

「そうだ。由衣ちゃん、背中を向けて僕の上に座ってくれる？」

そう声をかけると、彼女は「あ、うん」と慌てて応じた。そして、指示どおりこちらの上に腰を下ろす。

「じゃあ、オッパイを揉むからね？」

と予告すると、啓太は両手を彼女の前に回し、湯浴み着越しに二つのふくらみを改めて鷲掴みにした。

途端に、由衣が「ふあんっ」とおとがいを反らして、甲高い声をあげる。

啓太は構わず、指に力を込めて優しく乳房を揉みしだきだした。

「んああっ、あんっ！　んんっ、男の人にっ、あんっ、啓太さんにぃ！　ああっ、オッパイ……はうっ、揉まれてぇ！　んあっ、嬉しいけどぉ！　ああんっ、やっぱり外はっ、はああっ、恥ずかしいよぉ！」

愛撫を受けながら、由衣がそんなことを口にする。

（まだ湯浴み着の上からだし、温泉に入って発情しているから、もっと感じてくれるかと思ったけど、意外とそうでもないな？　湯浴み着越しに、愛撫しているからなのかな？）

そう考えて、啓太はいったん愛撫をやめて、胸から手を離した。そして、跡取り娘の湯浴み着の肩紐に手をかける。

「あっ。け、啓太さん？　ここで脱がすの？」

すぐに、由衣がなんとも不安そうな声をあげた。

「駄目かな？」

「他に人がいるわけじゃないけど……その、やっぱり外は恥ずかしくて……」

こちらの問いに、彼女が遠慮がちに応じる。

（由衣ちゃんも、発情しているのは間違いないんだけど、志帆子さんや琴音さんみたいに理性が欲望に負けるほどじゃないって感じだな。なんなんだろう、この差は？）

そんな疑問が、啓太の脳裏をよぎった。

由衣が、初めてでかなり緊張しており、そのぶん羞恥心などが邪魔をして発情が弱くなっている可能性はあり得る。また、混浴こそしていなかったものの、彼女は夢塩温泉に幼少から入っている。そのため、発情効果に多少なりとも耐性があるのかもしれない。

（どうしよう？　このまま、抵抗を無視して続けてもいいけど、由衣ちゃんが嫌がることはしたくないし、ちゃんと気持ちよくなってもらいたいよな）

啓太自身、志帆子との初体験が最高によかったおかげで、セックスの快楽を覚えられたのだ。由衣にも、いい思い出となる初体験をさせることが、爆乳女将への間接的な恩返しにもなるのではないだろうか？

とにかく、これまでは女性のほうが経験で上回っていて、啓太はどちらかと言えば受け身だったが、今回はこちらが初めての相手をリードしなくてはならないのだ。ここでの失敗は、年上の二人の顔に泥を塗ることにもなりかねない。

「だったら……そうだ。じゃあ、大浴場に移ろうか？　中なら、まだあんまり恥ずかしくないいんじゃやない？」

「えっ？　……う、うん」

　こちらの提案に、跡取り娘が遠慮がちに頷いた。

　どうやら、屋内でなら続ける気はあるらしい。やはり、いくら周囲に人家がなく、基本的に人通りも少ないとはいえ、屋外で喘ぐことに理性の抵抗があったようだ。

「男湯に行く？　それとも、女湯にする？」

「……女湯がいいな」

　啓太の問いに、彼女がそう応じた。

　おそらく、自分が入り慣れているほうがまだ緊張しづらい、と考えたのだろう。

「それじゃあ、移動しようか？」

　啓太がそう声をかけると、由衣は「うん」と頷き、フラフラと立ち上がった。

　どうやら、愛撫のおかげで身体にあまり力が入らなくなっているらしい。

　そこで啓太も立ち上がり、彼女を支えて湯船から出た。

　それから衝立の陰に行き、引き戸を開けて二人で中に入ると、跡取り娘を洗い場の風呂椅子に座らせる。

　彼女の背後でしゃがんで前を見ると、鏡に映る由衣と自分の姿が目に入った。

（おっと。鏡のことは忘れていたけど、これはいいかも）

鏡を見た啓太は、ついそんなことを思っていた。

後ろから乳房を揉むのは、愛撫しやすいメリットがあるものの、女性の表情をほとんど見られないのが欠点である。しかし、これなら顔を見ることも可能だ。

一方の跡取り娘は恥ずかしそうに俯き、鏡の存在が目に入っていない様子である。

「肩紐、外すよ？」

啓太がそう声をかけると、彼女は小さく頷いた。

そこで、ドキドキしながら肩紐をほどき、湯浴み着を一気に腰まで引き下げる。

その瞬間、由衣が「あんっ」と声を漏らし、やや身体を強張らせた。が、特に抵抗する素振りは見せない。

そうして啓太が前を見ると、鏡越しに由衣のバストが目に飛び込んできた。

分かっていたことだが、彼女のふくらみは志帆子や琴音よりも控えめである。しかし、綺麗なお椀型をしており、美しいピンク色の小さめの乳首も、いかにも汚れを知らない乙女という感じで、なんとも魅力的に思えてならない。

啓太は、興奮を覚えながら両手を前に伸ばした。そして、乳房をやんわりと摑む。

途端に、跡取り娘が「んあああっ！」と甲高い声を女湯に響かせ、身体に力を入れた。やはり、異性に胸を触られることに対し、未だに抵抗があるらしい。

（由衣ちゃんのオッパイ、琴音さんより弾力があるな）

まだ、指にほとんど力を入れていないものの、ふくらみに触った瞬間の感触で、啓太はそんな感想を抱いていた。

若さ故か、それとも大きさの差か、はたまたセックス経験のなさ故か、彼女のバストは明らかに年上の二人よりも張りがあった。爆乳女将と美人ＯＬの乳房が熟した果実ならば、こちらは完熟前の果実と言っていいかもしれない。

そのようなことを考えつつ、啓太は興奮を覚えて指に少し力を入れ、ふくらみを揉みしだきだした。

「んっ、あっ、あんっ、啓太さんの手ぇ……ああっ、まだ恥ずかしいよぉ。あんっ、んくう……」

愛撫を始めるなり、由衣がさらに身体を強張らせて、そんな声を漏らす。

（うーん……発情している割には、やっぱり反応が鈍い感じだなぁ）

やはり、温泉の効果への耐性と初体験の緊張で、未だに肉体が快感を充分に受け入れる状態になっていないのかもしれない。

（どうしよう？　発情しているんだから、このまま続けていればいずれ感じてくれるようになるかもしれないけど、もうちょっと違ったアプローチを……）

そう考えたとき、洗い場に常備されているシャンプーとリンスとボディーソープのボトルが目に飛び込んできた。

「そうだ！　これなら……」

と、啓太がいったん手を離すと、跡取り娘が「えっ？」と困惑の表情を浮かべる。

しかし、啓太は構わず彼女の前に行き、ボディーソープのボトルを手にした。そうして、再び背後に戻る。

「これで、由衣ちゃんを洗ってあげるよ。身体を洗うんなら、恥ずかしくないでしょう？」

「えっ？　あの、それって……？」

こちらの言葉に、由衣が戸惑いの声をあげた。

ただでさえ緊張しているところに、予想外のことを言われてどう応じていいか分からないのだろう。

啓太は、構わずポンプを押してボディーソープを手にたっぷり取った。そうして、両手を擦り合わせて泡立てると、彼女の背中に触れる。

途端に、由衣が「ひゃんっ」と素っ頓狂な声を女湯に響かせた。

「ほら、由衣ちゃん。前を見て」

「う、うん……」

こちらの指示に、年下美女がなお困惑した様子ながらも素直に従う。

それを確認してから、啓太は肩甲骨《けんこうこつ》から泡をまぶすように、背筋に沿って手を動かしだした。

「んっ。あんっ……なんか、変な感じだよぉ。んんっ、あっ……」

他人の手で背中を洗われていることに違和感があるのか、由衣がそんな感想を口にする。

啓太は、それをあえて無視して彼女の背中を泡まみれにすると、そのまま手を前に回した。そして、下から持ち上げるように乳房に手を這わせる。

「ひゃんっ！　ちょっ……け、啓太さん？」

「前も、洗ってあげるよ」

驚きの声をあげた跡取り娘に対し、啓太はそう言うと撫でるような手つきでバストにボディーソープの泡をまぶしだした。

「んっ、やっ、それぇ！　あんっ、手つきっ、んんっ、なんかエッチ……はうっ、だよぉ。んあぁっ、あんっ……」

手の動きに合わせて、由衣がそんなことを口にする。ただ、手を振りほどくなど抵抗の素振りは見せない。

啓太は、鏡で確認しながらふくらみを泡まみれにし、さらに腹部にも手を這わせて湯浴み着の上までボディーソープの泡をしっかりまとわりつかせていった。

「んあっ……あんっ、それぇ……ああ、んふう……」

そうしているうちに、こちらの愛撫とシンクロして跡取り娘の口からこぼれ出る声に、甘いものが混じりだした。また、緊張で硬くなっていた彼女の身体から、いつの間にか力が抜けている。

それを確認して、啓太は泡まみれのバストを再び鷲掴みにした。そうして、今度は力を入れすぎないように気をつけながら、グニグニと揉みしだきだす。

「んはあっ！　それっ、んあっ、洗ってない……やんっ、揉んでるぅ！　ああっ、啓太さんの手っ、あんっ、変な感じだよぉ！　あんっ、やっ……！」

すぐに、由衣が喘ぎながらそんなことを口にした。

おそらく、異性に胸を揉まれたのが初めてということもあり、まだ戸惑いが先に立っているのだろう。ただ、発情効果がジワジワと浸透してきたのか、先ほどまでと違ってしっかり快感を得ているらしいのは、声の様子からも伝わってくる。

ひとしきり愛撫を続けた啓太は、彼女の反応を見ながら指の力をやや強めた。

「んああっ！　あんっ、それぇ！　オッパイッ、あんっ、ジンジンするよぉ！　ああんっ！　はああっ、ああっ……！」

たちまち、年下美女がおとがいを反らし、甲高い喘ぎ声を女湯に響かせだした。どうやら、ようやく快楽の虜《とりこ》になったらしい。

そこで啓太は、泡に隠れたふくらみの先端の突起を摘まんだ。そして、クリクリと指の腹で弄りだす。

「ひゃうんっ！　しょこぉぉ！　あんっ、すごっ……ひゃううっ、なんかっ、きゃふっ、ビリビリしてぇ！　あひぃんっ！　あああっ……！」

由衣が、電気に打たれたように身体をヒクヒクさせながら、そんなことを口にする。

(そろそろ、下もいいかな？)

そう判断した啓太は、片手を胸から離して彼女の下半身に這わせた。それから、湯浴み着の裾をたくし上げて秘部に触れる。

途端に、旅館の跡取り娘がのけ反り、「はうぅぅんっ！」と大声を女湯に轟かせた。

そうして触れたのと同時に、泡まみれの指にお湯より粘度の高い液体がネットリとまとわりついてくる。

「もう、濡れているね？」

「いやん。そんなこと言わないでぇ。恥ずかしくて、死んじゃいそうだよぉ」

愛撫の手を止めて指摘すると、彼女が甘い声で文句を言う。

ただ、その反応が異性との行為に慣れていた年上の二人と違って、なんとも新鮮に思えてならない。

興奮を煽られた啓太は、指の腹で割れ目を擦るように動かしだし、同時に乳房への愛撫も再開した。

「んやあっ！　あんっ、これぇ！　ああっ、何っ、んあっ、こんなぁ！　ああんっ、知らないっ！　きゃうううっ、おかしくなっちゃうよぉ！　ああんっ、あんっ……！」

たちまち、由衣が甲高い喘ぎ声を大浴場に響かせた。

さらに、秘裂から新たな蜜が溢れだし、指に絡みついてくる。

そんな年下美女の乱れた姿を鏡越しに見ていると、それだけでこちらも昂りが増してきてしまう。

（これだけ濡れていたら、もう大丈夫かな？　って、俺のほうがヤバイけど……）

啓太は、挿入への欲求を抱きつつ、自身の危うさも自覚していた。

このまま跡取り娘に分身を挿れたら、下手をしたら途中で、そうでなくても抽送を何度かしただけで、あっさり達してしまうのは間違いない。

だが、それでは由衣の初体験を満足させることは難しいだろう。

この危機を乗り切る方法は、一つしか思いつかない。しかし、処女に求めるのはいささか抵抗がある。

「ええい、それでもこうなったら……由衣ちゃん？　その、嫌じゃなかったら、由衣ちゃんも僕のチ×ポにしてくれないかな？」

啓太が手を止めて、耳元でそう問いかけると、彼女が「ふあっ」と声をあげて身体を小刻みに震わせてから、焦点の定まらない目を向けてきた。

「オチ×チンに……？　あっ、それって……」

と、由衣が言葉の途中で我に返ったように息を呑んだ。どうやら、リクエストの意味を悟ったらしい。

「駄目かな？」

「あ……うん、分かった。するよ」

思いの外、あっさりと彼女が同意してくれる。

そこで啓太は、いったんシャワーを手にして、跡取り娘の身体の泡を綺麗に流した。

そうして、すべての泡を流し終えて啓太がシャワーを元の位置に戻すと、由衣が風呂椅子から立ち上がった。

「じゃあ、今度は啓太さんが椅子に座って。あ、湯浴み着は脱いでね？」

そう言われて、啓太は素直に「うん」と頷き、パンツ型の湯浴み着を下ろした。そして、それを脚から抜いて傍《かたわ》らに置くと、今し方まで彼女が座っていた風呂椅子に腰かける。

一方の由衣も、少しためらう素振りを見せつつ、腰回りに残っていた湯浴み着を脱いで、生まれたままの姿になっていた。それから、啓太が風呂椅子に座ったのに合わせて前に回り込んで跪き、一物をマジマジと見つめる。

「すごぉい。これだけ近くで見たのは初めてだけど、オチ×チンってこんなに大きくなるんだ……」

由衣が、独りごちるようにそんな感想を漏らす。

(初めての割には、チ×ポを見ても意外に平然としているな？)

啓太がそんな疑問を抱いていると、すぐに由衣が顔を上げて苦笑いを浮かべた。

「あ、ほら。温泉旅館なんてやっていると、たまに酔っ払って裸踊りをしたり、わざと裸を見せつけたりって迷惑行為をするお客さんもいてさ。それに、わたしだって別に男の人に興味がなかったわけじゃないから、その、エッチな動画なんかは時たま見ていて……」

弁解するように、彼女がそんなことを早口でまくし立てる。

なるほど、勃起していたかはともかく、客のモノを生で見たことがあり、さらにアダルト動画なども目にしていれば、由衣の反応にも納得がいく。

ただ、彼女は再び一物を見つめたところで動きを止めてしまった。

啓太も初めてのときはそうだったが、何をどうすればいいのか頭から吹き飛んでしまったのだろう。

しかし、今の啓太は志帆子と琴音と経験を積んでおり、まだ初心者の域は出ないとはいえ、まるっきり初めての人間よりは心に余裕があった。

「由衣ちゃん、まずはチ×ポを握って」

そう指示を出すと、彼女が「う、うん」と頷き、怖ず怖ずと勃起に手を伸ばした。

そうして、おっかなびっくり握ってくる。

「きゃっ。とっても硬い。それに、熱くて……」

肉棒に触れるなり、由衣が初々しい感想を口にした。

(ああ、なんかすごく新鮮だなぁ)

志帆子や琴音にはなかった反応を見て、啓太はついついそんなことを考えていた。

「じゃあ、しごくみたいに手を動かしてみて」

「う、うん。こう？」

こちらの指示に従って、年下美女が竿を握った手を恐る恐る動かしだす。

すると、一物から得も言われぬ心地よさがもたらされて、思わず「うっ」と声がこぼれ出てしまう。

「あっ。気持ちよかったの？」

「うん。その調子で続けて」

啓太が褒めると、由衣が嬉しそうに表情を緩めて、さらに手を動かした。

もちろん、彼女の手つきは年上の二人と比べるとぎこちない。しかし、それでも跡取り娘が初めての行為をしてくれている、というだけで充分な興奮材料になる。

とはいえ、このまま手だけで達してしまうのは、いささか情けないし、勿体《もったい》ないと言わざるを得ない。

「由衣ちゃん？　先っぽを、舐めてくれるかな？」

「えっ？　な、舐め……あっ、そうだね。フェラって、そういうものだもんね」

リクエストに驚きの声をあげた由衣だったが、すぐに納得の表情を浮かべた。そして、手を止めて肉棒をやや手前に傾けると、こわごわと先端部に口を近づけていく。

それから、彼女は舌を出すと、縦割れに唇を「レロ……」と舌で一舐めした。

途端に、鮮烈な心地よさがもたらされて、啓太の口から「くうっ」と小さな呻き声が出てしまう。

跡取り娘は、こちらの反応に少し困惑の表情を見せたものの、快感を得たと察したのか遠慮がちながらも亀頭全体を舐めだした。

「レロロ……ンロ、ンロ……ピチャ……」

「ううっ。いいよ、由衣ちゃん！」

先端から快電流がもたらされて、啓太は思わずそう口にしていた。

もちろん、単純な舌使いという意味では、志帆子や琴音には遠く及んでいない。しかし、それでも由衣の初めてのフェラチオだという事実が、テクニックの稚拙さを補ってあまりある快感に結びついている気がしてならない。

ただ、彼女はやはり思考が充分に働いていないのか、ひたすら亀頭を単調に舐めているだけだった。

それはそれで初々しくていいのだが、もう少し変化が欲しいと思ってしまうのは、行為に慣れた人間のテクニックを知っているせいだろうか？

「由衣ちゃん、今度はチ×ポを咥えてくれる？」

「レロロ……ふはっ。はぁ、はぁ……く、咥え？　あっ……」

こちらの指示を受け、舌を離した由衣が、言葉の意味を考える素振りを見せてすぐに息を呑んだ。アダルト動画などを見たことがあるなら、何を求められているのか悟るのは難しくあるまい。

「で、でも、こんなに大きいの、わたしの口に入るかな？」

「無理に全部、咥えなくてもいいよ。入る範囲でいいから」

不安げな跡取り娘に対して、啓太はそうフォローを入れた。

「……それなら、頑張ってみる。あーん」

と、由衣が口を大きく開けた。そして、亀頭をゆっくりと含みだす。

（おおっ。由衣ちゃんの口に、俺のチ×ポが入って……）

啓太は、感動で胸が熱くなるのを抑えられなかった。

咥えられること自体は、年上の二人にもされている。しかし、由衣はこれが初の口内奉仕なのだ。つまり、口の処女をもらったということで、その事実には経験者にされても絶対に味わえない征服感がある。

ところが、彼女は竿の半分にも満たない位置で、「んんっ」と苦しそうな声を漏らして動きを止めてしまった。どうやら、今はここが限界らしい。

正直、もう少し頑張って欲しい気持ちはあったが、初めての女性にあまり無理をさせるのはよくないだろう。

「由衣ちゃん、今度は顔を動かして、唇でチ×ポをしごいてみようか？　歯を立てないように、気をつけてね？」

啓太が新たな指示を出すと、跡取り娘は「んっ」と小さな声をこぼした。そして、ゆっくりと顔を動かしだす。

「んっ……んむ……んぐ……んむ……」

さすがに、いささか慎重すぎる気がする動きだったものの、それでも唇でしごかれたペニスから、もどかしさを伴った心地よさがもたらされる。

「くうっ、それっ。ううっ……」

分身からの性電気に、啓太はたちまち酔いしれていた。

経験者ほどの快感の大きさはないが、この稚拙さも今は悦びに思える。

何より、女性が自分の指示に従ってくれているというのが、これまで受け身気味に行為をしていた身としてはなんとも新鮮で、興奮材料になっていた。

できることなら、もっとフェラチオの心地よさを味わっていたいと思ったが、そうはいかないのが牡の宿命である。

「ああ……俺、そろそろヤバイ。由衣ちゃん、チ×ポを口から出して」

射精感が込み上げてきて啓太が指示を出すと、彼女は素直に一物から口を離した。

「ふはあっ。啓太さん、どうしたの？」

「もう出そうなんだ。咥えたままだと、口の中に射精しちゃいそうだから」

疑問の声をあげた由衣に、啓太はそう説明した。

もちろん、口内射精したい気持ちがないと言ったら嘘になる。だが、フェラチオ処女にいきなりそれをするのは、さすがに酷と言うものだろう。

「んと、それじゃあ、どうしたらいいのかな？」

「最後は、手と舌でチ×ポを刺激してくれる？」

「あ、うん。分かった……」

こちらの指示を受けて、由衣が竿を改めて握り、亀頭に再び舌を這わせだす。

「んっ。チロ、チロ……ピチャ、ピチャ……」

すると、甘美な快電流が一物から脊髄を伝って啓太の脳天を貫いた。

まだ稚拙な舌使いだが、既に限界が近い状況だと、これくらいでもカウントダウンを進めるには充分すぎる。

「ああっ、もう出る！」

と口走った瞬間、啓太は由衣の顔にスペルマをぶっかけていた。

「ひゃんっ！　なんか出たぁ！」

驚きの声をあげた由衣が、一物から手を離して顔を背《そむ》ける。

しかし、支えを失ったために、白濁のシャワーが彼女の顔だけでなく、胸や身体にも降り注ぐことになった。

そんな年下美女の姿に、啓太の興奮はますます高まってしまうのだった。

6

「ああ、すごい匂い……これが、本物の精液……」

射精が終わると、ペタン座りをして放心した由衣が、スペルマを拭い取るのも忘れてそんなことを口にする。

その姿に我慢できなくなった啓太は、「由衣ちゃん」と彼女の肩を摑んだ。

すると、ようやく跡取り娘の目の焦点が合う。

「大丈夫？　その、由衣ちゃんが欲しいんだけど？」

遠慮がちに啓太がそう訊くと、彼女は目をパチクリさせて、それから言葉の意味を察したらしく息を呑んだ。

「……うん。わたしも、なんだか身体の奥が疼いてぇ……啓太さんと、一つになりたいよぉ」

すぐに由衣が、目を潤ませてそんなことを口にする。

そこで啓太は、彼女を床に仰向けに寝かせた。そして、脚の間に入って濡れそぼった秘裂に分身の先端をあてがう。

先っぽが当たった瞬間、由衣が「あっ」と声を漏らし、その身体に力が入った。しかし、思っていたほど力《りき》む様子がないのは、顔射の余韻が残っているからだろうか？

啓太は、思い切って腰に力を込め、彼女の中にペニスを挿入した。

「んああっ！」

すぐに、由衣が甲高い声をあげて身体を強張らせる。

それでも構わず進んでいくと、間もなく志帆子や琴音にはなかった抵抗を先端に感じて、啓太はいったん動きを止めた。

(これって、間違いなく処女膜……俺が、由衣ちゃんの初めての男に……本当に、それでいいのか？)

今さらのように、そんな思いが湧いてくる。

何しろ、こちらは志帆子とも関係を持っているのだ。彼女の義母に童貞を卒業させてもらって、今度は跡取り娘の処女をもらうなど、果たして許されることなのか？

そう考えて顔を上げると、由衣と目が合った。

啓太のためらいを見抜いたらしく、彼女は小さく頷いてすぐに目を閉じた。

これだけで、年下美女がすべて納得の上で自分に初めてを捧げようとしているのが、痛いくらいに伝わってくる。

（ええい！　ここまで来たら、俺も覚悟を決めなきゃ！）

と思い直して、啓太は思い切って腰に力を込めた。

すると、ブチブチと繊維を引き裂くような感触が先端から伝わってくる。

「んあああああっ！　いっ、痛いよぉぉぉ！」

たちまち、由衣が外まで聞こえそうな悲鳴をあげた。

覚悟はしていても、破瓜《はか》の痛みは堪えきれなかったらしい。

（だけど、途中でやめるとかえって辛いって話も、どこかで見た気がするし）

そう考えた啓太は、一気に一物を奥まで押し込んだ。

先端が奥に到達すると、由衣が「きゃうううっ！」とおとがいを反らして苦しげな声を大浴場に響かせる。

しかし、こちらの動きが止まると、すぐに彼女の身体からも力が抜けていった。

「んはあ……い、痛いよぉ……けど、啓太さんが中に来たの、はっきり分かるぅ」

そう口にした跡取り娘の目に涙が浮かんでいるのは、苦痛のせいか、それとも喜びのせいなのか？

（……それにしても、やっぱり中がかなりキツいなぁ）

初めての男を迎え入れた膣内は、異物の侵入に抵抗するかのようにペニスを締めつけてきていた。だからなのか、志帆子や琴音と比べて膣道が狭いように感じられる。

とはいえ、痛いわけではなく、締めつけがむしろ心地いいのだが。

（それはともかく、これはしばらく動かないほうがいいよな？）

由衣の辛そうな様子に、啓太はそう考えていた。

さすがに、経験豊富な相手と同じようにするのは、あまりに酷だろう。

結合部に目をやると、床に赤い物が転々と散っていた。

出血を見るとますます抽送しづらくなるが、何もしないのも気まずい。

そこで啓太は、手を伸ばして彼女の乳房を鷲摑みにした。そうして、少し強めにグニグニと揉みしだきだす。

「んっ、ちょっ、あうっ、やんっ、ああっ……」

すぐに、由衣が困惑混じりの声をあげだした。挿入したまま胸を揉まれるとは、思っていなかったのかもしれない。

それでも、啓太は構わずに愛撫を続けた。

「んやっ、あんっ、痛いのとっ、はうっ、気持ちいいのっ、あんっ、混じるぅ！　あっ、なんかっ、んはあっ、変だよぉ！」

さらにバストを揉んでいると、とうとう年下美女がそんなことを口にした。

その声に、苦痛以外の甘さがしっかり混じっていると感じるのは、こちらの気のせいではあるまい。

そこで啓太は、すっかり大きくなったふくらみの頂点の突起を摘まんで、クリクリと刺激しだした。

「んあああっ！　そこぉぉ！　ああっ、やんっ、はううっ……！」

たちまち、由衣が甲高い声をあげ、顔を左右に激しく振った。

同時に、狭い膣肉が妖しく蠢き、分身に得も言われぬ心地よさがもたらされる。

(くうっ。これは、さすがに……そろそろ、ジッとしているのも限界かも)

そう考えた啓太は、いったん愛撫の手を止めた。

すると、由衣が「んはあ……」と吐息のような安堵の声をこぼす。

「少し動くよ？　辛かったら、ちゃんと言ってね？」

と声をかけると、彼女がコクンと頷く。

そのため、啓太は跡取り娘の腰を両手で掴んだ。それから、押し込むことだけを意識しながら慎重な抽送を開始する。

「んっ、あっ、あんっ、あうっ……」

すぐに、由衣の口から切なげな喘ぎ声がこぼれだした。

「大丈夫？　痛くない？」

「あんっ。これくらいならぁ……ああっ、ギリギリッ、あうっ、平気ぃ……あんっ、はうぅっ……」

心配になって啓太が聞くと、彼女が喘ぎながらそう応じる。

どうやら、この程度であれば問題はないらしい。

(初めての子が相手だと、やっぱりちょっと勝手が違うよなぁ)

さらに小さなピストン運動を続けながら、啓太はそんなことを思っていた。

志帆子や琴音のときは、こちらが不慣れという点を除けば、挿入したあとはお互いに欲望のまま動いていた。しかし、破瓜を迎えたばかりの女性が相手では、発情していても気を使わざるを得ないため、なかなかにもどかしい。

もっとも、年上の二人との経験がなければ、発情した牡の本能に支配されて、いきなり荒々しく腰を振っていただろう。その場合、由衣はかなり辛い思いをしたはずだ。

そういう意味では、経験がちゃんと活かされている、と言える。

そんなことを考えながら、啓太はどうにか欲望を抑えて慎重な抽送を続けた。

「んっ。あっ、あっ、ああんっ……なんだかぁ、んはっ、奥がっ、あんっ、熱くなってぇ……はあっ、あううっ……！」

少しすると、由衣の声から苦しそうな感じが消えて、艶《つや》っぽさが増してきた。

「由衣ちゃん、もう少し大きく動いても平気そう？」

「んあっ、うんっ、ああっ、してぇ。あんっ、わたしもっ、んふうっ、啓太さんをっ、はうっ、もっとぉ、んはあっ、感じたいよぉ。ああっ、あんっ……」

抽送を続けながらの問いに、年下美女が喘ぎながらそう応じる。

そこで啓太は、腰の動きをやや大きくしてみた。

「んはあっ、奥にぃ！　ああっ、いいよっ！　あうっ、気持ちいい！　はあっ、あんっ、ああっ……！」

たちまち、由衣が甲高い声を女湯に響かせだした。

その声を聞く限り、もう破瓜の痛みは感じておらず、快感だけを味わっているようである。

（これも、温泉の発情効果のおかげなのかな？）

そんなことを思いつつ、啓太はさらにピストン運動を速めた。

「あううっ、いいっ！　ひゃうっ、これがっ、はうんっ、セックスぅぅ！　あんっ、すごいよぉ！　はあっ、ああんっ……！」

こちらの動きに合わせて、由衣の声のトーンも一オクターブ跳ね上がる。

また、顔を左右に振りながら気持ちよさそうに喘ぐ彼女の姿が、なんとも牡の興奮を煽ってやまない。

それでも啓太は、どうにか気持ちを抑えていったん動きを止めた。

すると、跡取り娘が「えっ？」と怪訝そうな声をあげる。

だが、啓太はそれを無視して彼女の足首を摑んだ。そうして、脚をV字に持ち上げて抽送を再開する。

「ひあっ、ああっ、こんなっ、きゃうっ、格好でぇ！　やんっ、ああっ、でもぉ！　んあっ、もっと奥にっ、はううっ、来てるぅ！　あんっ、あああっ……！」

すぐに、由衣も快感に溺れて、甲高い声をひたすらあげ続けるようになった。

それから、しばらく夢中になってピストン運動をしていると、啓太の中に射精感が込み上げてきた。

もう少し保《も》つかと思ったが、狭い膣道で分身をしごかれる形になっているため、どうにも我慢できない。

「由衣ちゃん、僕また……抜くよ?」

「ああんっ、駄目ぇ！　はううっ、このままっ、あんっ、最後までっ、はああっ、してぇ！　ああっ、わたしもっ、はああっ、もうっ！　あんっ、ああっ……！」

啓太の言葉に、年下美女がそんなことを言った。

(由衣ちゃん、中出しを求めて……いやいや、それで本当にいいのか?)

という、ためらいの気持ちが心をよぎる。

だが、その瞬間、彼女の膣内が妖しく蠢き、ペニスをキツく締めつけてきた。

そこでたちまち限界を迎えた啓太は、腰を引く間もなく「はううっ！」と声をあげ、暴発気味に由衣の子宮にスペルマを注ぎ込んでしまう。

「はああっ、熱いのっ、中にぃ！　んはあああぁぁぁぁぁぁ!!」

射精を感じたのとほぼ同時に、跡取り娘も絶頂の声を大浴場に響かせるのだった。

第四章　発情浴女たちと温泉乱交

1

その日の宿泊客がチェックアウトしたあと、啓太は客が使用したタオルやシーツや布団カバー、それに浴衣をカゴに入れて洗濯場に運んでいた。

すると、向こうから茶衣着姿の由衣がやって来た。しかし、彼女は心ここにあらずという様子で、こちらに気付いていないようである。

そのため、「由衣ちゃん？」と声をかけると、旅館の跡取り娘がようやく顔を上げた。そして、目が合うなり、たちまち顔が茹《ゆ》で蛸《だこ》のように真っ赤になる。

「えっ？　け、けけけ啓太しゃんっ!?　あ、あの、その……ああ、洗濯物。えっと、か、回収してくれたんだ？」

「うん。もしかして、由衣ちゃんがするつもりだった？」

「あっ。その、う、うん……で、でも、してくれたんなら……ああっ、だったらわたしは、お部屋の掃除をするよっ。そ、掃除機を持ってこなきゃ」

そう言って、慌てた様子できびすを返した由衣だったが、足をもつれさせて「きゃっ」という可愛らしい声と共に、ベタンと転んで床に倒れてしまう。

(あちゃー。由衣ちゃん、まだ俺のことを意識しすぎているなぁ)

彼女の姿を見ながら、啓太は内心で頭を抱えていた。

二人が関係を持ってから、今日で三日目。

あれ以来、由衣の態度は大きく変わった。何しろ、啓太を見るだけで顔を真っ赤にして、会話をしてもやたらどもるなど、あからさまに動揺するようになったのである。

それでも一応、志帆子や琴音、また宿泊客の前ではかろうじて平静を装《よそお》っていた。

しかし、こうしてたまたま二人きりで顔を合わせたりすると、今のようにすっかりポンコツになってしまう。

もちろん、告白して処女を捧げた男を前にすれば、過剰に意識するのは仕方があるまい。

啓太のほうも、年下の跡取り娘との件をまるっきり気にしていない、と言ったら嘘になるし、恋愛経験も乏しいので、彼女の気持ちはよく分かる。ただ、由衣の態度があまりに酷いため、心配も相まっていち早く冷静になれたのである。

それでも、昨日は琴音以外の宿泊客がいたので、由衣もドジを踏まないように頑張っていた。その反動が、客がチェックアウトした今になって出ているのかもしれない。

「由衣ちゃん、大丈夫？」

啓太が声をかけて近づくと、彼女は顔を真っ赤にしたまま飛び起きた。

「へっ、平気だよ！　それじゃあっ！」

と、由衣は一階にドタバタと下りていく。

「やれやれ。本当に、大丈夫なのかな？」

さすがに心配になって、啓太はそう独りごちていた。

とはいえ、これは話をしてどうにかなるものではあるまい。おそらく、次第に慣れていって、以前のとおりになっていくのではないだろうか？

そんなことを思いながら、啓太は洗濯物を入れたカゴを持って一階に下りた。

すると、ちょうど志帆子が厨房から姿を見せた。

「あら、啓太くん？　今し方、由衣ちゃんがものすごい勢いで走っていったけど、どうかしたの？」

「あー、えっと、僕の前で思い切り転んだもんで、恥ずかしかったのかと……」

さすがに、本当のことは言えないため、啓太は曖昧《あいまい》な返答をするにとどめた。

「ふーん……まぁ、それなら別にいいんだけど……」

と、いつもは穏やかな表情の爆乳女将が、ジト目で見つめてくる。

「啓太くん？　由衣ちゃんを泣かせたら、承知しないからね？」

その彼女の言葉に、啓太の心臓が大きく飛び跳ねた。

(志帆子さん、やっぱり僕と由衣ちゃんがエッチしたことに、気付いているっぽいな。まぁ、何年も一つ屋根の下で暮らしていたら、言わなくても分かっちゃうのかも？)

何しろ、あの由衣の態度である。おそらく、志帆子の口から啓太の名前が出ただけで動揺を見せるなど、第三者が関係の変化に気付くような振る舞いになっているのであろうことは、想像に難くない。

「わ、分かっています。それじゃ、僕も洗濯をしに行ってきます」

そう言って、啓太はそそくさと爆乳女将から離れた。

ちなみに、啓太は「夢乃屋」で働き続けたいという意志について、まだ志帆子に話していなかった。何しろ、彼女とも関係を持っているため、由衣との件すら正直に伝えられずにいるのである。

とにかく、すべてを打ち明けた上でなければ、女将に意志表示をするのはいささかはばかられた。ただ、それには跡取り娘が啓太ともう少しまともに話せるようになる必要があろう。

(雪が本降りになる前に、きちんと話をしないとな……)

そう考えながら、啓太は洗濯場に向かうのだった。

2

夜、啓太は一人で露天風呂に入っていた。

今日は、琴音以外の宿泊客がおらず、その彼女も今日は少し遠くまで観光に行ってきたそうで、「さすがに疲れた」と早々に食事と入浴して部屋に戻っている。

したがって、いつもより早めの時間にも拘わらず、啓太は露天風呂を独り占めできているのである。

そうして、熱めの湯を堪能していたとき、女湯のほうから引き戸が開く音がして、

「啓太さん……」と控えめな由衣の声が聞こえてきた。

反射的に振り向いた啓太は、「なっ……」と絶句していた。

そこに跡取り娘がいるのは当然だが、問題は彼女が湯浴み着ではなくバスタオルを身体に巻き付けている、という点である。

「ゆ、由衣ちゃん？　湯浴み着は？」

「えっと、その……今日は、このまま……」

こちらの指摘に、そう言って彼女がやって来ると、バスタオルを取って裸体を晒《さら》す。

由衣の行動を前にして、啓太は思わず目をそらしていた。既に、一度は裸を見ているものの、こういうシチュエーションで見るのは、さすがにまだ抵抗がある。

(な、何を考えているんだ、由衣ちゃんは？)

そんな疑問を抱いて、そっぽを向いている啓太の耳に、彼女がかけ湯をする音が聞こえてきた。その音だけでも、興奮を煽られる気がしてならない。

それから間もなく、啓太のすぐ近くに、足をお湯に入れる気配があった。そうして、由衣がゆっくりと湯に浸かってくる。

「はあー。やっぱり露天風呂は、気持ちいいなぁ」

年下の跡取り娘が、しみじみとそんなことを口にする。

横目で見てみると、彼女はバスタオルを床に置き、本当に素っ裸で湯に入っていた。

お湯が透明なので、当然お椀型の乳房も、意外なくらい引き締まったウエストも、股間の恥毛もすべて丸見えである。

そんな美女の姿を見ているだけで、湯浴み着の中で一物が自然に体積を増してしまう。

「由衣ちゃん、なんで裸……？」

啓太が、絞り出すように疑問をぶつけると、

「うん……あの、啓太さんと……えっとね、またエッチしたいなって……裸なら、啓太さんもすぐその気になってくると思ったから」

と、彼女は俯いてはにかみながら言った。

「えっ？　でも……」

由衣の言葉がいささか意外で、啓太は驚きの声をあげていた。

初めてのとき、発情していたにも拘わらずかなり恥ずかしがっていたため、実はしばらく関係を持つのは無理だ、と密かに思っていたのである。しかし、まさか彼女のほうから求めてくるとは、さすがに予想外といえる。

「だって、最初は痛かったけど、途中からすごくよくなって……あんなに気持ちよくなったの初めてだったから、なんか忘れられなくなっちゃって……」

由衣が、俯きながら恥ずかしそうに言葉を続けた。

どうやら、初体験で鮮烈な快感を味わったことで、快楽の記憶が脳に刻み込まれてしまったらしい。これも、混浴による発情効果のおかげなのだろうか？

「啓太さんは、わたしとまたエッチしたくない？　やっぱり、志帆子さんや琴音さんみたいにオッパイが大きい人がいいの？」

こちらに目を向けた跡取り娘が、真剣な表情で訊いてくる。

彼女の頬が赤くなっているのは、果たして羞恥からなのか、それとも早くも発情しているからなのか？

そんな由衣の表情を見ていると、啓太のほうも興奮を抑えられなくなってきた。

何しろ、処女をもらった年下美女が、全裸で見つめて誘惑してきたのである。たとえ、夢塩温泉に発情効果がなかったとしても、このシチュエーションで自分を抑えられるはずがあるまい。

啓太は、ほとんど本能的に彼女を抱きしめていた。

突然の行動に、由衣は「あっ」と声を漏らしたものの、そのまま体重を預けてくる。

すると、乳房の感触がじかに伝わってきて、ますます昂りが生じてしまう。

我慢できなくなった啓太は、いったん身体を離すと、すぐに彼女の唇を奪った。

「んんっ!?　んっ、んむ……」

年下美女は、くぐもった声をこぼしたが、抵抗する素振りをまったく見せなかった。

それどころか、自ら首に手を回してきて、唇をより強く押しつけてくる。

そこで、啓太が舌を歯に這わせると、跡取り娘は意図を察して口を開けてくれた。

舌を彼女の口内に侵入させると、由衣のほうも自分の舌を絡みつけるようにして、啓太を迎え入れる。

「んっ。んむ……んじゅ、んんっ……」

くぐもった声を漏らしながら、舌同士のチークダンスを繰り広げていると、接点から性電気が発生して、興奮がいっそう増してくる。

そうしていると、彼女のバストに触りたいという欲求が湧いてきて、啓太は舌を絡め合いながらふくらみに手を這わせた。

「んんっ！　ふはあっ、ああっ、オッパイぃぃ！」

啓太が乳房に触れるなり、由衣が唇を振り払って甲高い声を響かせた。

「わっ。由衣ちゃん、声が大き過ぎじゃない？」

さすがに、啓太は驚いて手を止め、そう注意していた。

何しろ、今日は志帆子と琴音がいるのだ。あまり大声を出すと、彼女たちに勘づかれてしまうかもしれない。

もちろん、人生経験で勝る年上の二人のことなので、もう啓太と由衣が肉体関係を持ったことに気付いている可能性は大いにある。それでも、開き直って喘ぎ声を聞かせるつもりはない。

「だってぇ、啓太さんの手が気持ちよくて、声が勝手に出ちゃうんだもぉん」

と、由衣が拗《す》ねたように言う。

発情効果のせいか、相当に敏感になっていたらしい。

(どうしよう？　また、大浴場に行く？　いや、せっかくならここでしたいな)

啓太は、そんな欲求を抱いていた。

お湯は熱いものの、外気温がかなり下がっているため、胸までずっと湯に入っているような真似をしなければ、そう簡単にのぼせることもあるまい。

ただ、縁に座って足湯状態でというのも、今の気温では少々厳しいものがある。

「だとしたら……これしかないよな」

と、啓太は彼女の身体を反転させた。そして、自分の膝の上に乗せる。

「えっ？　け、啓太さん？」

「由衣ちゃん、自分の手で口を塞いで」

困惑の声をあげた跡取り娘に対し、啓太はそう指示を出した。

「あっ、そういう……分かった」

こちらの意図をようやく察して、由衣が手の甲を口に押し当てる。

それを見て、啓太はふくらみを両手で鷲摑みにした。

途端に、由衣が「んんっ」とくぐもった声を漏らし、身体を強張らせる。

それでも啓太は、構わず指に力を入れ、乳房を揉みしだきだした。

「んんっ！　んっ、んむっ、んんんっ……んむうっ！　んっ、んっ……！」

手の動きに合わせて、彼女の口からこもった喘ぎ声がこぼれだす。

背後からの愛撫は前回もしているので、特段の抵抗感は抱いていないらしい。

（やっぱり、由衣ちゃんのオッパイって、手にしっくり馴染む感じだよなぁ）

乳房を弄びながら、啓太の脳裏にそんな思いがよぎった。

年下美女のバストは、大きすぎず小さすぎず、啓太の手にしっかりと収まる感じである。さらに、ふくらみの弾力が琴音よりもあるおかげで、揉みごたえという点で大きさの不利を補ってあまりある。

それに、乳房を揉むたびにくぐもった喘ぎ声をこぼす由衣の後ろ姿が、なんとも色っぽく思えてならない。

（あっ。由衣ちゃんのうなじ……）

いつも、髪をアップにしているため目にしている彼女のうなじが、今は髪に隠れているとはいえ、チラチラと垣間見えている。

それを間近で見たとき、啓太はムラムラと情欲が込み上げてくるのを、どうにも抑えられなかった。

前回は、由衣が初めてだったことやボディーソープを使ったこともあり、こちらも気にする余裕がなかった。だが、こうして間近で見ると、やはり女性のうなじには心惹かれるものを感じずにはいられない。

その欲望に従って、啓太は胸を揉んだまま跡取り娘の首筋に口をつけ、それから舌を這わせだした。

「んんっ!? んふあっ、け、啓太さん、あんっ、そこはっ、はああんっ……んんっ」

うなじへの責めに驚いたらしく、由衣が手を離して声をあげる。

「嫌だった?」

啓太は、念のために愛撫をやめて、そう問いかけた。

「ふあ……い、嫌じゃないかな? だけど、くすぐったいような、気持ちいいような……それに、うなじにキスマークがついちゃったら、みんなにバレちゃうよぉ」

と、由衣が不安を口にした。

確かに、仕事中は髪をアップにして、首筋を露出させている。首の後ろにキスマークがついていたら、何をしていたか一目瞭然だという心配は、当然かもしれない。

「舐めるだけにするから、平気だと思うよ？　ほら、口を塞いで」

「……う、うん。信じているからね？」

啓太の言葉に、彼女がそう応じて、再び手の甲を自分の口に当てる。

それを見て、啓太は胸と首筋への愛撫を再開した。

「レロ、レロ……」

「んんーっ！　んっ、んむっ、んっ、んんっ、んふうっ！　んんんっ、んっ、むむううう！　んんっ、んぐううっ……！」

愛撫に合わせて、由衣が身体を震わせながらくぐもった喘ぎ声をこぼす。

そうしているうちに、彼女は内股を擦り合わせるような仕草を見せだした。

そのことに気付いた啓太は、手と舌の動きをいったん止めた。

「由衣ちゃん、もしかしてチ×ポが欲しくなった？」

「ふはあっ。う、うん……身体が熱くなって、アソコの奥が疼いてぇ……啓太さんのオチ×チンが欲しいって気持ちが、どんどん大きくなっているよぉ」

と、由衣がやや間延びした声で応じる。

どうやら、混浴による発情効果もあって、彼女の肉体は男を迎え入れる準備をすっかり整えたらしい。

（それに正直、俺も由衣ちゃんに挿れたくて、たまらなくなっているし）

とはいえ、この欲望の高まりは、決して発情の影響ばかりではあるまい。

「じゃあ、上からどいて」

そう指示を出すと、彼女は「うん」と頷いて横にどく。

啓太は、いったん湯船から出ると、湯浴み着のパンツを脱いだ。

そうして、いきり立った勃起が露わになると、由衣がウットリした表情でこちらを見つめる。その顔だけで、彼女が啓太のペニスの虜になっている、と伝わってきた。

（うわっ。寒っ）

風が吹くと、温泉で火照っていた身体が一気に冷やされて、啓太は思わず身震いをし、そそくさと湯船に入り直した。

「けっこう寒いし、もうお湯に入ったままするしかないかな？　でも、それで声を抑えるとなると……」

「啓太さん？　その、座って向かい合ってする体位があるよね？」

迷っていると、由衣のほうが遠慮がちに切りだす。

「座って……ああ、なるほど。確かに、対面座位はキスをしながらできるから、声を抑えられるね。由衣ちゃん、平気？」

対面座位はしたことがあるため、啓太は納得してそう応じていた。

ただ、湯船に浸かったままというのは経験がないし、彼女がまだ二度目なのに女性上位の体位でするということに、一抹の不安を禁じ得ない。

しかし、こちらの心配に対して、跡取り娘は「うん、多分」と答えた。

「じゃあ、お願いするよ」

もはや止める理由もなく、啓太はそう言って湯船の中で足を伸ばした。

すると、由衣が向かい合う格好でまたがってくる。そして、ペニスを握って秘裂との位置を合わせる。

「んっ、啓太さんのぉ……すごく硬くて、大きくてぇ……これ、自分で挿れるのって、けっこう緊張するなぁ。んんんっ……！」

そんなことを口にしつつ、彼女は腰を沈み込ませだした。

すると、彼女の狭い膣道に肉棒が入り込んでいくのがはっきりと分かった。

四十二度前後のお湯に入っていながらも、膣道に進入すると女性の中のほうが温度が高いような錯覚を覚えずにはいられない。

ただ、前回は挿入の途中で抵抗があったものの今回はそれもなく、締めつけるようなキツさは残っていてもスムーズに入っていく。

そうして、とうとう由衣が腰を下ろしきった。

「んんんんっ！」

快感の覚悟があったのだろう、最後まで腰を沈めきったのと同時に、彼女はおとがいを反らしながらも声をどうにか噛み殺した。それから、すぐにグッタリと啓太に体重を預けてくる。

「んはああ、入ったぁ……啓太さんが、わたしの中をまた満たしてぇ……今、すごく幸せだよぉ」

年下の跡取り娘が、啓太の耳元でそんなことを言った。こうして、息を吹きかけられただけで、ゾクゾクするような性電気が背筋を走り抜ける。

（くうっ。由衣ちゃんのオマ×コ、まだ狭くてチ×ポを締めつけてくる）

啓太は、分身からもたらされる心地よさに酔いしれていた。

一度では馴染みきらなかったらしく、由衣の膣道は初めてのときと同じように陰茎を強く締めつけてくる。ただ、そのキツさすらも今は気持ちよく思えてならない。

「啓太さん？　わたしの中、気持ちいい？」

そう訊かれて、啓太はようやく我に返った。

「えっ？　あ、そりゃあ、もちろん」

「志帆子さんや、琴音さんよりも？」

「うっ。そ、それは……」

彼女の問いかけに、啓太は言葉に詰まってしまった。

三人の膣はそれぞれに個性的で、各々に違ったよさがある。正直、優劣をつけられるようなものではない。

もちろん、由衣は啓太が初めてなので、他の男を知らないというアドバンテージがある。しかし、それをもって年上の二人を上回っているのかと問われれば、さすがに違う気がしてならない。

「ふふっ、ゴメンね。ちょっと、意地悪を言っちゃった。そりゃあ、気にしてないって言ったら嘘になるけど、比べられないってことは、ちゃんと分かっているから」

（よ、よかった。本気で言われたら、どうしようと思ったよ）

彼女の言葉に、啓太は内心で胸を撫で下ろしていた。

「それじゃあ、動くね？　んんっ、んっ、んっ……」

と、跡取り娘が抱きついたまま腰を上下に動かしだす。

「んんっ、んむっ、んっ、んんっ……！」

発情効果がある湯に浸かっているせいか、唇を噛み、ぎこちなく腰を振る由衣の姿が、なんとも健気《けなげ》で愛らしく思えて、大きく心を揺さぶられる。同時に、激しい興奮を覚えずにはいられない。

「んっ、あっ、ああんっ！　いいっ！　あうっ、声っ、あふっ、出ちゃうぅ！　んんっ。んちゅ、ちゅば……」

とうとう声を我慢できなくなった由衣が、啓太に唇を重ねてきた。

「んっ、んむっ、んんっ、んっ、んむうっ、んんんっ……！」

そうして喘ぎ声を殺しながら、彼女は腰を動かし続けた。

（ううっ……もどかしい感じだけど、なんかすごくエロいなぁ）

啓太の中に、そんな思いが湧きあがってきて、どうにも昂りを抑えられない。

ただ、こちらも動きたかったが、今の体勢で下が弾力のない湯船の床だと、腰を振るのは難しい。

そのため、啓太はお湯の中で由衣のヒップを鷲摑みにした。そうして、胸とは違う柔らかな双丘を、グニグニと揉みしだきだす。

「んむううっ！　ふやんっ、ちょっと、あうっ、啓太さん？」

さすがに驚いたらしく、由衣が動きを止め、唇を離して素っ頓狂な声をあげて睨みつけてくる。

「驚かせて、ゴメン。でも、由衣ちゃんが可愛くて、我慢できなかったんだ」

「か、可愛い……うう、そんなこと言われたら……もう。あんまり、ビックリさせないでよねっ」

と、跡取り娘が照れ隠しのように頰をふくらませた。それでも、またすぐに唇を重ねて抽送を再開する。

啓太は、そのままヒップを揉みしだいて、臀部の手触りを堪能した。

「んんっ！　んっ、んむっ、んっ、んっ、んんーっ……！」

由衣は動きを乱しながら、より腕に力を込めてしっかりと抱きついてきた。すると、バストの感触や女性の温もりがいっそうはっきりと感じられるようになる。

そうして全身で彼女を感じていると、啓太の頭は次第に朦朧としてきた。

これが、果たして快感のせいなのか、あるいは熱い湯に浸かりすぎているせいなのか、発情効果のせいなのかは分からない。ただ、由衣の中に射精したいという牡の本能が強まってきたのは、紛れもない事実である。

少々早い気はしたが、先に一発出していないので、こればかりは仕方があるまい。

(くっ。由衣ちゃんの中も、締まってきて……)

その膣肉の反応が、彼女の絶頂の予兆なのは既に分かっている。

また、跡取り娘の腰の動きも次第に早まって、お湯がジャブジャブと音を立てて波立ち、縁から床に溢れ出していた。彼女も、啓太が達しそうなのは分かって、射精を促す動きをしているらしい。

(二度目も中出しは、さすがにマズイ気が……それに、お湯の中なのも……)

そんな心配が心をよぎったが、朦朧としていることもあって、由衣を強引にどかすというところまで思考が及ばない。

それに、嫌なら彼女が自ら腰を持ち上げるだろう。そうしない時点で、何を望んでいるかは明白と言える。

間もなく、膣肉が激しく収縮し、ペニスに鮮烈な刺激をもたらした。

(くうっ！　もう、出る！)

とどめを食らって、啓太は年下美女の中にスペルマを勢いよく注ぎ込んだ。

「んんーっ！　んむううううぅぅぅぅぅぅ!!」

ほぼ同時に、由衣もキスをしたまま動きを止め、くぐもった絶頂の声をあげながら身体を強張らせるのだった。

3

「はぁ。俺は、本当にどうしたらいいいんだろう？」

湯浴み着を着用し、露天風呂に浸かっていた啓太は、ついついそう独りごちていた。

明日、とうとう琴音がチェックアウトするのである。

彼女の右手の腱鞘炎は、すっかりよくなっていた。もちろん、また無理をしたらぶり返す可能性はあるが、少なくとも現時点では、今日から仕事に復帰しても大丈夫と思うくらい、痛みがなくなったらしい。

当然、復職は医者に診てもらってからの判断になるのだが。

琴音としては、もう少し連泊したい気持ちもあったらしい。しかし、当初の予定より一週間長く滞在して、近隣で回れる観光名所などはあらかた行ったため、さすがにやることがなくなってしまったそうだ。それに、自宅マンションを二週間も丸々空けていると郵便物などがそろそろ気になる、とのことである。

啓太も、H市の自宅アパートの郵便物は気がかりだったので、彼女の心配は他人事とは思えないくらい納得できる。

その美人ＯＬとは、二度目の関係を持って以降、タイミングが合わず混浴をする機会を持てなかった。ただ、関係をより深めていたら魅力的な肉体に溺れて、「夢乃屋」で働くより彼女について行きたくなってしまいそうな気もしていた。その意味では、三度目がなかったのはよかったのかもしれない。

しかし、何より大きな問題は、志帆子と由衣という義母娘と、二度ずつ関係を結んでしまったことだろう。正直、彼女たちとの関係をはっきりさせなくては、一緒に働くのは難しい気がしている。だが、ではどう説明して結論を出せばいいのかが、まるで思いつかない。

そのため、啓太は志帆子に「夢乃屋」で働き続けたい、と言えずにいた。

何しろ、啓太は義母娘のほぼちょうど中間の年齢なので、どちらを選んでもおかしなことはない。だが、現状では双方に魅力を感じているし、同じくらい大事に思っているのだ。もしも、すぐに片方を選択しろと迫られたら、決断できずに頭がパンクしてしまうだろう。

まったく、元カノに貢ぐ君扱いされて弄ばれ、心を傷つけられて女性不信と言っていい状態になっていた自分が、三人のいずれおとらぬ美女と深い仲になり、これほど心惹かれるようになるとは、旅に出たときには思ってもみなかったことである。

しかし、異性との交際経験が元カノしかない啓太では、今の状況への対処方法がまるっきり思い浮かばなかった。

（まぁ、とにかく琴音さんがチェックアウトしたら、志帆子さんと由衣ちゃんとしっかり話し合わないと。それで、『夢乃屋』で働けるって正式に決まってから、いっぺんアパートに戻ろう）

スマートフォンでルート検索をしたところ、「夢乃屋」からH市の自宅アパートまで、高速道路を使って最短ルートをほぼノンストップで走行しても、七時間近くかかる見込みだった。休憩時間なども考慮すると、移動は実質で片道ほぼ一日がかりと言っていいだろう。

ここで働くとしたら、アパートの解約はもちろん、役所などで転居に関するさまざまな手続きをする必要がある。そうした時間も鑑みると、最低一週間は休まなくてはなるまい。その間は、志帆子と由衣だけで頑張ってもらうしかない。もっとも、啓太が来る前の数ヶ月は二人でやっていたのだから、なんとかなるのだろうが。

（……だけど、やっぱり琴音さんとはもう一回、エッチしたかったかもなぁ）

夜空を仰ぎ見ていると、ふとそんな思いが込み上げてきた。

もちろん、「夢乃屋」で働いていれば、琴音が再訪してくれる可能性はある。しかし、もしかしたら二度と会えなくなるかもしれない。そう思うと、最後にもう一度、あの絶品の肉体を貪りたい、という欲求が自然に湧いてきてしまう。

混浴していないというのに、発情気味に欲望が生じたのは、露天風呂で何度もセックスをした条件反射のようなものだろうか？

啓太がそんなことを考えていると、ガラガラと女湯の引き戸が開く音がした。

振り向いた啓太は、目を丸くして言葉を失っていた。

なんと、衝立の陰から志帆子と由衣、さらに琴音までが出てきたのである。

もちろん、関係を持った女性たちが揃い踏みしているだけでも驚きだ。しかし、啓太が絶句したのは、三人とも身体にバスタオルを巻いた格好をしている点だった。

「ああ、やっぱりいたわね、啓太？」

恥ずかしがる素振りもなく、琴音がそう言ってこちらに近づいてくる。

「ふふっ。啓太くん、すっかり露天風呂が好きになったものねぇ」

いつもと変わらない穏やかな笑みを浮かべながら、志帆子も歩み寄ってきた。

「もう……啓太さんってば、もしかしてわたしたちが来るのを待っていたんじゃないの？」

と、由衣も少し不機嫌そうな表情を見せながら、啓太のほうにやって来る。

「……あっ。さ、三人揃って、いったい……？」

我に返った啓太が、絞り出すように問いかけると、琴音が悪戯《いたずら》を成功させた子供のような笑みを見せた。

「あたし、明日でチェックアウトするじゃない？　でも、このところ啓太とエッチできてなかったし、最後の晩くらい誰に遠慮することもなくしたいと思ってさ。それで、どうせならって志帆子さんと由衣ちゃんも誘ったのよ」

なるほど、他の客がいない以上、確かに従業員の二人を巻き込んでしまえば、声を我慢することもなく思い切りセックスができる。

ただ、理屈としては理解できたが、まさか志帆子だけでなく由衣までが美人ＯＬの提案に乗るとは思いもよらなかったことだ。

「啓太さんと琴音さんのこと、あと由衣ちゃんのことには、わたしも気付いていたし、三人でお話もしたわ。まぁ、思うところがまったくないと言ったら嘘になるけど、わたし自身も人のことは言えないし、温泉の発情効果もあるから仕方がないと割り切ったわ。それに、琴音さんも由衣ちゃんも真剣だから、止められないって思ったし」

「正直、琴音さんに誘われたときは、わたしも複雑な気分だったわよ。でも、妙に抜け駆けされるくらいなら、みんな一緒にしたほうがいいと思ってさ」

爆乳女将と跡取り娘が、口々にそんなことを言った。

どうやら、三人はそれぞれ啓太との関係を打ち明け合ったらしい。その上で、琴音の提案で混浴することにしたようだ。

そして、露天風呂の効果を考えれば、目的は火を見るより明らかである。

「ちょ、ちょっと待ってください。一対一でも、あれなんですよ？　三対一なんてことをしたら、いったいどうなるのか……？」

啓太は慌ててそう言って、彼女たちを制止しようとした。

実際、一対一でもあれだけの発情効果があるのに、女性が三人になった場合に効果がどうなるのか、まったく想像ができない。もしかしたら、ダシのバランスが崩れて効果がなくなる可能性もあるが、それはやってみないと分からないことである。

ただ、まさかこのような事態になるとは想像もしていなかっただけに、思考力がまるで働いてくれない。

啓太が固まっている間に、三人の美女はそれぞれバスタオルをはだけ、かけ湯をした。そうして、啓太を囲むように湯船に入ってくる。

「ふふっ。啓太ぁ？　今夜は、あたしたちといっぱい愉しもうねぇ？」

正面に来た琴音が、妖しい笑みを浮かべながらそう言って、啓太に抱きついた。

さらに、両脇に来た志帆子と由衣も、啓太の両腕を摑んで胸を押しつけてくる。

これでは、もう逃げ出すこともできない。

(こ、これは三人のオッパイが当たって気持ちいいけど……俺、本当にどうなっちゃうんだろう?)

美女たちの温もりに包まれながら、啓太はそんな不安を抱かずにはいられなかった。

4

「んっ、ふっ、んふうっ……」

「んしょ、んしょ、んんっ、んふ……」

「んあっ、んっ、あんっ……」

女湯で、志帆子と琴音と由衣の熱い吐息のハーモニーに交じり、ヌチュヌチュという三つの音が淫らな伴奏を奏《かな》でている。

「ううっ……これ、よすぎっ……はううっ!」

啓太も我慢しきれず、我ながら情けない声を大浴場に響かせてしまう。

今、啓太は風呂椅子に座り、全身をボディーソープの泡まみれにされていた。

琴音は正面でペニスを巨乳の谷間で包み、泡で洗うように手を動かしている。

志帆子は、こちらの背中にソープまみれの爆乳を押し当て、スポンジで洗うように身体を動かしていた。

そして由衣は、啓太の左腕を手に取って泡まみれの己の谷間に押しつけ、パイズリの感覚で身体を揺すっている。

まさか、三人がかりでこのようなプレイを仕掛けてくるとは、さすがに思いもよらなかった事態である。そのせいもあって、啓太は抵抗もできないまま、彼女たちから与えられる快楽に酔いしれていた。

もともとは、四人で露天風呂に入ってカオス状態になっていたところ、次々に発情してしまい、その場で行為を始めたのである。しかし、三対一では時間がかかりすぎてのぼせる可能性があったことと、湯に浸かったままだと発情がとんでもない域に達しそうな懸念があったこと、かと言って外で湯から出て行為を続けるには外気温が低くなりすぎたこともあり、大浴場に移動したのだった。

ところが、女湯に入ったときに由衣が「啓太さんにボディーソープで洗ってもらった」と口にしたことから、三人による文字通りのソーププレイが始まったのである。

琴音がペニスに奉仕しているのは、明日がチェックアウトということで、志帆子と由衣が譲ったからである。

（ああ……これ、夢を見ているみたいだ）

発情と快感で朦朧とした啓太の頭に、そんな思いがよぎる。

何しろ、合計六つのバストの異なる感触が、腕と背中と股間から伝わってきているのだ。しかも、ボディーソープの泡のおかげで、通常と肌触りなどの感覚も違う。

それに加えて、彼女たちの吐息のような声が間近で聞こえてくるのだから、発情効果も相まって興奮の度合いがいつもとは桁違いに上がっている。

「ああっ！　もう出そうです！」

限界が近づいたのを感じて、啓太はそう口走っていた。

できれば、もっとこの天国のような時間を堪能したい、という気持ちもあったが、これほどの心地よさを与えられては我慢することなどできっこない。

「んふっ。啓太ぁ、顔にいっぱい出してぇ。んっ、んっ、んんっ……」

と、琴音がバストを寄せる手に力を込め、しごく速度を速める。

義母娘の二人は、特に何も言わなかったが、美人ＯＬに対抗するように身体をより強く啓太に押しつけ、背中と腕を擦る速度を上げた。

「んっ、啓太くんっ、んんっ、んっ……」

「んふっ、んっ、チン×ン、ヒクついてぇ。むふっ、んっ……」

「んあっ、んっ、あんっ、んんっ……」

志帆子と琴音と由衣のそんな声と、彼女たちの胸と啓太の接点から生じるヌチュヌチュという音が、さらに淫らなハーモニーを創りだして大浴場に響く。

「はううっ！　き、気持ちよすぎ……出る！」

たちまち限界に達した啓太は、ボディーソープの泡に負けないくらい白いスペルマを、美人ＯＬの顔面に発射していた
「ひゃうぅぅん！　濃いの、いっぱぁぁい！」

悦びの声をあげつつ、目を閉じた琴音が白濁のシャワーを顔に浴びる。

その姿が、なんとも淫らで、しかし美しく思えてならない。

「ああ、琴音さん、羨ましいなぁ」

「仕方ないわよ、由衣ちゃん。明日でお別れなんだから、今日は琴音さんを中心にしようって、話し合って納得したでしょう？　でも、ザーメンの匂いがここまで……たまらないわぁ」

義母娘のそんなやり取りが、激しい射精で朦朧とした啓太の耳に届く。

ただ、彼女たちの言葉を聞いても、もう啓太は挿入への欲求を抱くばかりで、それ

以上のことを考えられなくなっていた。

5

射精が終わると、三人はシャワーで自分の身体の泡や精液を洗い流した。

美女たちが身体を洗う姿を呆然と見ているだけで、啓太の中には新たな興奮が込み上げてきてしまう。

「啓太くんのオチ×ポも、綺麗にしないとねぇ」

そう言うと、志帆子が啓太のペニスにシャワーをかけて、手を使って泡を洗いだした。ただ、その手つきは「洗う」と言うより「しごく」と言ったほうがいい感じだ。

おかげで、水流の刺激も相まって性電気が生じ、自然に「くっ」と声が出てしまう。

「んふっ。もともと元気だったけど、すっかり硬くなって……わたし、もう我慢できないわぁ。啓太くん、オチ×ポ早くちょうだぁい」

爆乳女将が、ペニスを弄りながら熱っぽい目で見つめてくる。

そんな表情を目にするだけで、啓太のほうも我慢できなくなってしまう。

「あっ、ズルイ！　わたしも、啓太さんの……お、オチ×チンが欲しいのにぃ」

と、由衣が義母に対して少し遠慮がちな抗議の声をあげる。

「由衣ちゃんは、ちょっと前にしたばかりでしょう？　わたしは、しばらく啓太さんとしてないのよ？」

志帆子が、珍しく不機嫌そうに義娘に反論した。

実際、彼女とは琴音とする前に関係を持って以来、どうにもタイミングが悪くてセックスの機会がなかったのである。それだけに、気持ちを抑えられないらしい。

とはいえ、由衣との関係も考えると、爆乳女将を優先するべきか迷うところだ。

「順番で揉めるんなら、先に二人で一緒にしたら？　あたしは、後回しでいいから」

そう提案したのは、琴音だった。

「琴音さん、本当にいいのかしら？」

「ええ。本当は、あたしもしたいけど、せっかくなら啓太のチン×ンをじっくり味わいたいもの。あとに待っている人がいるより、最後のほうが順番を気にしなくていいから。それに、義理とはいえ親子丼を生で見る機会なんて、滅多にないだろうし」

志帆子の意外そうな問いかけに、美人ＯＬが肩をすくめてそう応じた。

「そうねぇ。わたしは、一緒にしてもいいけど……由衣ちゃんは、どうかしら？」

「うっ……わ、わたしも別に、志帆子さんと一緒でもいいよ」

話を振られた跡取り娘が、若干ためらいながらも首を縦に振る。

どうやら、二人も義親子丼に反対するつもりはないらしい。

それから彼女たちは、啓太の前に並んで四つん這いになった。

突き出された二つのヒップと秘裂に、啓太は目を奪われていた。

志帆子はオッパイスポンジで、由衣は腕パイズリで充分な快感を得ていたらしく、既にヴァギナからは蜜が溢れ出して、内股にお湯とは異なる筋を作っている。これだけ濡れていれば、前戯なしで挿入しても大丈夫だろう。

啓太は、ほとんど本能的に立ち上がりフラフラと二人に近づいた。そして、膝立ちして志帆子の腰を片手で摑み、一物を割れ目にあてがう。

「あんっ。志帆子さんからなの？」

と、由衣がやや不満げに訊いてくる。

「その、さっき志帆子さんも言っていたけど、ちょっと久しぶりだから」

啓太は、そう言い訳を口にしていた。

琴音や由衣の中もいいのだが、間隔が空いたぶん、まずは爆乳女将の膣を久々に味わいたい。そんな欲求を、どうしても抑えられなかったのである。

「んふう。啓太くん、嬉しいわぁ。早く、オチ×ポをちょうだぁい」

甘い声で爆乳女将に求められて、啓太は腰に力を込めて肉棒を挿入した。

「ああーっ！　入ってきたぁ！」

志帆子が、悦びの声をあげてペニスを受け入れる。

そうして挿入し終えると、啓太は両手で彼女の腰を摑み直して、荒々しい抽送を開始した。

「あんっ、あんっ、これよぉ！　あうっ、奥までっ、はあっ、届くのぉ！　あんっ、いいっ！　ああんっ、このオチ×ポッ、はううっ、最高ぉぉ！　ああっ、あんっ、あううっ……！」

たちまち、志帆子が歓喜の喘ぎ声を女湯に響かせだす。この声だけでも、彼女がどれほど啓太の一物を待ち望んでいたかが伝わってくる気がする。

久しぶりの美人女将の中は、相変わらず絶品だった。肉棒に吸いつくような肉壁の感触、適度なうねり、それらが陰茎に甘美な心地よさをもたらしてくれる。

(このまま続けたい気もするけど、由衣ちゃんにもしなきゃ)

抽送に没頭しそうになりながら、どうにかそう考えた啓太は、何度目かのピストン運動のあと、我慢して腰を引いて一物を抜いた。

すると、志帆子が「ああん」と残念そうな声を漏らす。

啓太は構わず、由衣の背後に移動し、割れ目に分身の先端をあてがう。

「ああ、今度はわたしぃ。早く、早くぅ」

切なそうにそう訴えられると、余計な駆け引きをする気にもならず、啓太は一気に肉茎を彼女に突き入れた。

「はあぁぁん！　これっ、来たよぉぉ！」

跡取り娘の悦びに満ちた声が、女湯に響き渡る。

そうして奥まで挿入すると、啓太はすぐに腰を摑んで抽送を開始した。

「あんっ、いいっ！　はあっ、これぇ！　ああっ、啓太さんっ、あんっ、好きぃ！　あうっ、あんっ……！」

ピストン運動と同時に、由衣が甲高い喘ぎ声をあげだす。

（相変わらず中はキツイけど、ちょっと馴染んできた気も？）

腰を動かしながら、そんな感想が心に浮かぶ。

何しろ、彼女は啓太しか男を知らない。そのため、二度のセックスで膣道が、いよいよこのペニスの形を覚えたのだろうか？

そう考えると、跡取り娘を一から開発している実感が湧いて、なんとも言えない感慨を抱かずにはいられない。

「あんっ、いいよぉ！　ああっ、あうっ、あんっ……！」

「由衣ちゃん、すごくエッチな顔……あの由衣ちゃんも、いつの間にかすっかり大人になったのねぇ」

志帆子が、横からしみじみとした口調で言う。

「あうっ、そうっ！　あんっ、わたしぃ！　はうっ、啓太さんにぃ！　ああっ、大人にっ、はああっ、してもらったのぉ！　ああっ、あんっ、あううっ……！」

と、由衣が喘ぎながらも嬉しそうに応じる。

「まぁ、その啓太くんを男にしたのは、わたしなんだけど。ねぇ、啓太くん？　そろそろ、こっちに戻ってきてぇ」

爆乳女将が、こちらを見て甘い声で訴えてくる。

そのため、啓太は腰を止めて由衣からペニスを抜いた。

途端に、彼女が「ああ……」と残念そうな声をこぼす。

だが、それを無視して啓太は志帆子の背後に移動し、再び分身を挿入した。

「はああっ！　戻ってきたぁ！　あんっ、このオチ×ポッ、やっぱりすごいっ！　あんっ、あんっ、あううっ……！」

啓太が抽送を始めると、すぐに未亡人女将が悦びの声を張りあげだす。

「交互突きなんて、生では初めて見たけど、なかなかエッチねぇ」

ここまで黙って見ていた琴音が、そんな感想を口にした。

そこで、義母娘の相手に必死だった啓太も、ようやく美人ＯＬの存在を思い出した。

（そういや、琴音さんに見られていたんだっけ）

義理の母娘を交互突きしている、ということにも当然興奮しているのだが、第三者に行為を見られているのを意識すると、妙な昂りが湧いてきてしまう。

（他人にセックスを見られて興奮する性癖は、俺にはないはずなんだけど……）

そんなことを思いつつ、啓太は分身を抜いて再び由衣に挿入した。

「ああーんっ！　戻ってきたよぉ！　嬉しい！　んあっ、あんっ、いいっ！　あんっ、はうぅっ……！」

歓喜の声をあげた跡取り娘は、ピストン運動が始まるなり甲高い喘ぎ声を女湯に響かせた。もはや、セックスの羞恥心もすっかり消え失せたらしい。

それから啓太は、彼女をひとしきり喘がせると、また志帆子に挿入し、何度か抽送してから由衣に挿れる、ということをひたすら続けた。

そうしていると、啓太は射精感がいよいよ込み上げてくるのを抑えられなくなった。

動きをいったん止めている割に、やけに早い気はしたが、二種類の膣を代わる代わる味わっている興奮に加え、二人の喘ぎ声を交互に聞いているのだから、仕方がないのかもしれない。

「僕、そろそろ……」

「ああっ、啓太くん！　あんっ、中よっ！　ああっ、中にちょうだぁい！」

「ああーん。啓太さん、わたしも中に欲しいよぉ」

抽送で喘ぐ志帆子の横から、由衣もそんなおねだりを口にする。

もはや拒む余裕もなく、啓太は返事の代わりに爆乳女将への抽送を強めた。

「ああんっ、あうううっ、わたしぃ！　ああっ、もうっ、ああんっ、イクッ、はううっ、イクううううぅぅぅぅぅぅぅぅぅぅぅぅ!!」

と、志帆子がのけ反って絶叫を大浴場に響かせ、同時に膣肉がうねってとどめの刺激をもたらす。

おかげで、啓太も限界に達して「ううっ」と呻くなり、彼女の中にスペルマを注ぎ込んだ。

本来なら、そのまま出し尽くしたいところだが、由衣もいるため、理性を総動員して射精の途中で腰を引く。

そうして、愛液と精液にまみれた一物を跡取り娘に挿入し、残りの精を発射させせようと荒々しく腰を動かす。

「あううっ、あんっ、これぇ！　ひゃうっ、奥ぅぅ！　ああっ、わたしもっ、イッちゃうよぉぉ！　はあああぁぁぁぁぁぁぁん!!」

由衣も、たちまちエクスタシーを迎えて、甲高い声を響かせた。

それと同時に、狭い膣肉が肉棒に絡みついてきて甘美な刺激をもたらし、残っていたスペルマが彼女の中に注ぎ込まれる。

「んはああ……ザーメン、中にいっぱぁい」

「はうう……熱いの、わたしの中にぃ。幸せだよぉ」

射精を終えてペニスを抜くと、志帆子と由衣が床にグッタリと突っ伏して、そんなことを口にする。

「はぁ、はぁ……これ、けっこう大変だな」

啓太も、虚脱して床に尻餅をつき、つい独りごちるようにこぼしていた。

交互突きは、確かに新鮮で興奮できる行為だった。しかし、二人を同時に相手にする体力的な疲労と、なるべく平等になるようにという精神的な疲労があって、そうそうやりたいと思うものではない。

「ご苦労様。でも、あたしがいることも忘れちゃ駄目よ？」

と言うなり、琴音が膝の上に乗ってきた。

彼女の勢いに圧されて、啓太は仰向けに倒れそうになり、どうにか肘を床について上体を支える。

すると、美人ＯＬはスペルマと二人の愛液にまみれた肉棒を握って、自分の割れ目にあてがった。

「少し柔らかくなっているけど、これくらいなら中ですぐ回復するでしょう？　それじゃあ、いただきまぁす」

と言うなり、彼女が一気に腰を下ろす。

「んあああっ！　来たぁぁぁ！」

悦びの声をあげながら、琴音が腰を沈めていく。

そうして、一物を最後まで呑み込むなり、彼女は自ら上下動を始めた。

「んっ、あっ、あんっ！　これっ、あんっ、硬くなってっ、んあっ、きたぁ！　ああっ、あんっ、あっ、はうっ、あううっ……！」

たちまち、美人ＯＬがそんな喘ぎ声をこぼしだす。

実際、彼女が動きだして快感がもたらされたのと同時に、啓太の分身はすぐにその硬度を取り戻していた。

何しろ、上で喘ぐ琴音の表情、タプンタプンと揺れる大きなバスト、グチュグチュと音を立てている結合部といったものが、すべて間近で丸見えなのである。ヴァギナの心地よさに加え、それらを目の当たりにして、興奮が甦らない男など果たしてこの世に存在するだろうか？

とはいえ、両肘を床について上体を半端《はんぱ》に起こした体勢だと、こちらから何かするのは難しい。

（どうしよう？　寝そべって完全な騎乗位にしようか、身体を起こして対面座位にするか？）

絡みつくような膣肉の感触でもたらされる、ペニスからの性電気に酔いしれつつ、啓太はそんな迷いを抱いていた。

すると、不意に由衣が小柄な美人ＯＬの後ろに来た。そして、巨乳を鷲掴みにする。

さすがにこれは予想外だったのか、琴音が「ひゃうんっ！」と素っ頓狂な声をあげ、上下動が大きく乱れた。

「琴音さんのオッパイ、大きくて羨ましいなぁ。志帆子さんほどになると大変そうだけど、せめてこれくらいは欲しかったよ」

そんなことを言いながら、由衣がＯＬのふくらみを揉みしだきだす。

「ふやっ、ちょっ……あんっ、それはぁ！　ああんっ、はううっ……！」

琴音は、胸を揉まれながらも上下動をどうにか続けたが、動きはすっかり乱れていた。もっとも、そのぶん啓太にはイレギュラーな心地よさがもたらされるのだが。

（なんか、すごくエロい光景……）

自分が結合している巨乳ＯＬのバストを、年下美女が背後から揉みしだいている。こんな場面を現実に拝めるとは、まったく思ってもみなかったことだ。

すると、啓太の頭のほうに志帆子がやって来た。

「啓太さんには、膝枕をしてあげるわねぇ？　さあ、わたしの腿に頭を置いて」

そう言って、彼女が正座をして啓太の頭の下に膝を入れてくる。

そのため、啓太は言われたとおり彼女の太股に頭を預けた。

（うおっ。大きなオッパイが目の前に……志帆子さんの顔が見えない）

という感想を抱いていると、不意に爆乳女将が前屈みになった。

すると当然、大きなバストに顔の上半分が覆われて、啓太は「ふおっ!?」と素っ頓狂な声を漏らしていた。

（お、オッパイが俺の顔を包んで……）

そう意識すると、興奮がますます高まってしまう。

さらに、志帆子が手で胸を寄せてきた。そうして、谷間で啓太の頬を挟み込む。

おかげで、由衣と琴音の姿が完全に見えなくなってしまったが、これはこれで興奮をますます煽るものだと言える。

「んあっ、啓太のっ、あんっ、チン×ンがぁ！　ああんっ、中でっ、はうっ、ビクッてぇ！　あっ、ああんっ、オッパイッ、あんっ、オマ×コもっ、はううっ、よくてぇ！　あうっ、あんっ……！」

昂りに反応した陰茎のヒクつきを敏感に察したらしく、琴音がそんなことを口走って抽送をより速める。

すると、グチュグチュという音が、大浴場にいっそう大きく響きだした。さらに、ペニスに絡みつく秘肉の蠢きも、いちだんと増す。

（うああ……もう出そうだ！）

啓太は、あっという間に射精感が込み上げてきたことに、我ながら驚きを隠せずにいた。

義親子丼で二人に出したため、自身ももう少し我慢できるかと思っていた。だが、琴音の中の気持ちよさはもちろん、由衣と志帆子が参加しての行為を前に、あえなくレッドゾーンを迎えそうになってしまったのである。

「あんっ、啓太ぁ！　あたしもっ、ああっ、もうイクッ！　中よっ！　はああっ、精液っ、あううっ、中にちょうだぁい！　あっ、あんっ、ああんっ……！」

そう言って、琴音が動きを小刻みなものにする。

「琴音さんも、イキそうなんだぁ？　じゃあ、こうしてあげるぅ」

そんな由衣の声が聞こえるなり、

「ひあっ！　乳首ぃ！　あんっ、やんっ、ああっ、それぇ！　敏感でっ、あううっ、はああっ……！」

と美人ＯＬの喘ぎ声のトーンが跳ね上がり、腰の動きがまた乱れだした。

爆乳に視界を塞がれ、光景を見ることはできないものの、跡取り娘が琴音の乳首を弄りだしたらしいことは台詞《せりふ》で分かる。それを想像しただけで、さらに昂りが増す。

すると、膣肉がいっそう蠢いて、肉棒にネットリと絡みついてくる。

「うあっ！　で、出る！」

その刺激で限界に達した啓太は、そう口走るなり、出来たての精を美人ＯＬの中に解き放った。

「ああっ、中出し……んはあああぁぁぁぁぁ!!」

ほぼ同時に、琴音が絶頂の声を大浴場に響かせるのだった。

エピローグ

四月が間近に迫り、最寄りのスキー場も営業を終了して、温泉旅館「夢乃屋」のあたりでも徐々に雪どけが進んで、春の訪れが感じられるようになってきた。

啓太は、昨年十二月頭にいったんH市へ戻り、アパートの解約や転居に必要な手続きを済ませて、今や住民票の上でもK村の一員となっていた。

ちなみに、引っ越し先は赤座家の住居部である。さすがに、いつまでも宿の部屋を占拠しているわけにいかないし、住居にも空き部屋があるなら、そちらに住むのが筋というものだろう。

何より、志帆子と由衣と深い仲になっているのだ。二人に乞《こ》われたのもあるが、今さら「他人だから」と一つ屋根の下で暮らすのを拒む理由などあるまい。

そして、同居していれば当然だが、義母娘との関係はますます深まっていた。

もっとも、「夢乃屋」はスキー場から離れた立地なものの、車で来る客にはあまり関係ない。だからだろう、スキー場がオープンしたあとの年明けからは、連日予約で満室になっていた。しかも、啓太が住居部に移り、仕事に慣れたことから五部屋体制に戻した結果、毎日とても慌ただしくなったのである。

おかげで、志帆子と由衣と身体を重ねる暇もほとんどなくなってしまい、痛し痒しという面は否定できなかったが。

そのせいで、というわけでもなかろうが、少し時間に余裕ができると二人のほうから啓太を求めてくるのだ。とはいえ、さすがに満室だと露天風呂を使うのは難しく、スキーシーズンの間は発情効果を味わうこともほぼなかったのだが。

ただ、義母娘のどちらを選ぶか、啓太は未だに結論を出せずにいた。とにかく、二人のそれぞれに魅力的な肉体を前にすると、発情しなくても牡の本能が勝ってしまうのである。もしかしたら、既に条件反射のようになっているのかもしれない。

（それはともかく、今日はヤバイ……）

露天風呂の縁に座っている啓太は、心の中で焦りを覚えていた。

「レロ、レロ……ピチャ、ピチャ……んはあ。啓太のチン×ン……チロロ……」

今、温泉に浸かった全裸の琴音がペニスにしゃぶりつき、熱心に舐め回しているのだ。

彼女の両脇には、同じく裸の志帆子と由衣がいるのだが、美人ＯＬの熱心さに出る幕がないといった様子である。

「もう。琴音さん、がっつき過ぎだよ」

「んはあっ。二人と違って、啓太のオチ×ポを味わうの、ほぼ四ヶ月ぶりなんだから仕方ないでしょ？　あむっ。んぐ、んぐ……」

琴音が、いったん舌を離して跡取り娘に反論し、それから今度はペニスを咥え込んでストロークを始めた。

「はぁ。お客様だから仕方がないけど、これじゃあわたしたちが困っちゃうわねぇ」

と、志帆子もいささか呆れたように言う。

二週間前、琴音が宿泊の連絡をしてきたため、今日は臨時休業にして他の予約を受けないようにしていた。したがって、誰はばかることなく行為に没頭できるのだが、そのぶん美人ＯＬは暴走状態になっている。もっとも、彼女は四ヶ月ぶりに露天風呂で混浴し、温泉の発情効果にやられているのだから、仕方がないのかもしれないが。

琴音は、自宅に戻って間もなく、医師の許可を得て復職したらしい。ちなみに、会社も腱鞘炎で休職するほどの激務をさせたことを反省し、中途採用で彼女の仕事をサポートする人間を雇ったらしい。

とはいえ、逆に新人の教育や監督という責任のある立場を与えられて、琴音は復職前と違うストレスを溜め込んでしまったそうである。

すると、啓太とのセックスの快楽をまた味わいたい、という欲求が抑えられなくなって、彼女は宿がオフシーズンに入って、かつ会社が休日なときに来訪したのだった。

本当は、もっと早く来たかったらしいが、如何せん満室だったため諦めた、という話である。それだけに、行為に熱がこもるのは当然なのかもしれない。

なお、露天風呂で混浴したのは、実は啓太たちも久しぶりだった。そのせいなのか、あるいは三対一のダシのバランスによる発情効果なのか、志帆子と由衣も頬を赤らめて、今にも襲いかかってきそうな様子である。

「んはあっ。レロ、レロ……」

「あんっ。そろそろ、わたしもぉ。チロ、チロ……」

「あっ、志帆子さん、ズルイ！　ンロ、ンロ……」

琴音が、ペニスを口から出したタイミングで、志帆子と由衣が両脇から肉棒にしゃぶりついた。

「うおっ、それっ……うああっ！」

三枚の舌が分身を這い回る快感に、啓太もたちまち酔いしれていた。

無論、関係を持った女性たちがこうして勢揃いすると、「誰を選ぶべきか？」という思いも湧いてくる。しかし、元カノの裏切りで女性恐怖症になりかけていた啓太を救ってくれたのは、間違いなくこの三人なのだ。

（あの日、大雨で転倒しなかったら、みんなと出会えなかっただろうし）

そう思うと、運命の導きを感じずにはいられない。

それに、処女をもらった由衣はもちろん、志帆子と琴音も啓太との関係を受け入れ、悦んでくれている。彼女たちにとっても、自分との出会いはいいことだったのだろう。

「くうっ。そろそろ……」

射精感が一気に込み上げてきて、啓太はそう口にしていた。

「あんっ。啓太くん、出してぇ。レロ、レロ……」

「んあっ、久しぶりの啓太の精液ぃ。ピチャ、ピチャ……」

「啓太さん、顔にかけてぇ。チロ、チロ……」

口々にそう言って、三人が亀頭を熱心に舐め回しだす。

以前は、志帆子もお湯に精液がこぼれるのを気にしていたが、もはやそんなことは気にもとめていないようだ。

そうして、三枚の舌が思い思いに這い回る感覚に、たちまち限界が訪れる。

「うああっ！　もう出る！」

と口走るなり、啓太はスペルマを発射した。

「ああーっ！　ザーメン、出たぁ！」

「これぇ！　いっぱぁい！」

「ああんっ！　すごいよぉ！」

口々に悦びの声をあげながら、三人の美女が白濁のシャワーを嬉しそうに浴びる。

そんな彼女たちの姿に、興奮が収まることはなく、啓太は挿入への欲求が身体の奥底から湧きあがってくるのを抑えられずにいた。


（了）

※本作品はフィクションです。作品内に登場する
団体、人物、地域等は実在のものとは関係ありません。

混浴発情《こんよくはつじょう》ハーレム

〈書き下ろし長編官能小説〉

2023年11月13日初版第一刷発行

著者 ……………………………………河里一伸

デザイン ……………………………小林厚二

発行人 ………………………………後藤明信

発行所 ……………………………株式会社竹書房

〒102-0075 東京都千代田区三番町8-1

三番町東急ビル6階

email: info@takeshobo.co.jp

竹書房ホームページ http://www.takeshobo.co.jp

印刷所……………………………中央精版印刷株式会社